사이보그
가족의
밭농사

사이보그
가 족 의
밭 농 사

황승희 지음

푸른향기
Prunbook Publishing Co.

엄마 아빠를
만나러 가는 날의 시작

　아빠의 감나무 타령은 두 달 정도 간 것 같다. 출처는 모르겠지만, 아빠는 엄청 솔깃하다 못해 확실히 이거다 싶으셨나 보다. 감나무는 해 먹기가 굉장히 편한 나무라는 서론에 이어 밭에서 만날 적마다 이야기에 살이 붙어났다.

　"감 실컷 먹고 좋잖아. 심어만 놓으면 힘 하나 안 들고 신경 쓸 게 하나 없는 게 감나무여."

　이어지는 구체적인 부연 설명은 꽤나 진심이셨다. 나무끼리는 간격이 6미터라는 둥, 300평이면 대략 30그루라는 둥, 감나무를 대량으로 싸게 살 수 있는 농장을 군산에서 알아보라는 둥.

"다 못 따 먹으면 팔면 되능겨."

"아빠. 아이고… 그 많은 걸 심고 따고… 또 팔고…? 글쎄, 나중에 엄마 아빠 없으면 나 농사 안 한다니까. 나 힘들어~ 아빠. 그때 가서 내가 알아서 할게. 아빠 하고 싶은 거 실컷 하셔. 아빠 소원 바다낚시 있잖아. 그거요, 지금이라도 이 땅 팔고 통통배를 사던가, 아니면 그냥 엄마랑 여행 다니면서 다 써부러. 내 걱정 말고요."

아빠는 당신의 남은 시간이 허락할 때 반드시 해야 할 게 있다. 혼자 사는 늙은 딸에게 이 땅을 지렛대 삼아 먹고 살 걱정 없게 해주어야 한다는 소명 같은 것이다. 뭐가 돈이 될까. 뭐가 편할까. 이 생각만 하시는 게 보인다.

　사실 처음엔 염소였다.

　"염소가 있잖냐. 진짜 할 게 없는겨. 땅에서 자라는 풀만 먹고도 지들이 알아서 크니께 사료값 안 들지. 내가 해보니께 여자도 충분히 허겄어. 그게 또 말이다, 약으로도 고기로도 팔면 너 노후대책도 되는 거 아니겄어."

　"아이고, 아빠~ 내가 염소를 왜 키워. 땅을 팔던 세를 주던 나는 내가 알아서 살으께. 아빠 심어 먹고 싶은 거 나때매 못 심지 마시고요. 양파농사, 감자농사도 하고요. 또 큰집에서 얻어만 먹어서 미안하다던 고추도 심고 싶다며."

아빠 입에서 염소 이야기가 쏙 들어간 건 염소값이 똥값이 되고 나서다. 아빠는 작심하고 키우던 염소들을 강아지 값만도 못하게 다 처분했다고 했다. 결국 우리 밭은 과수원도 아니고 염소농장도 아닌 감자가 첫 테이프를 끊어주었다.

그 후로도 우린 정말이지 아주 다양한 농작물을 심었다. 배추, 고구마, 양파, 고추, 마늘, 호박, 옥수수, 가지, 동부콩, 강낭콩, 들깨, 양배추, 파프리카, 오이고추, 여주, 도라지, 더덕, 쪽파, 대파, 상추, 땅콩, 생강, 그리고 감나무 두 그루와 대추나무 한 그루. 세상에나, 이렇게나 많이 심을 거면서 이 땅을 염소한테 내줬으면 어쩔 뻔….

나이 50을 바라보며 엄마 아빠와 밭농사를 하게 된 것을 나는 축복이라고 생각한다. 이 축복이 나에게 오기까지는 크게 두

가지 우연이 겹쳐서 가능했다. 아빠의 안성 시골집 앞에는 개울이 있는데, 그 개울가 주인 없는 자그마한 땅에다 아쉬운 대로 이거 조금 저거 조금 심으셨었다. 그러다 하천공사를 하게 되어 더 이상 못하게 된 것이 첫 번째 우연이었다.

원래 아빠의 것은 아니었지만, 있다 없으니 여간 허전해하셨다. 손바닥만 한 텃밭 하나 어디 없나 아쉬워하던 그즈음 나는, 직장생활에 회의를 느끼고 인생이 아깝단 생각에 무작정 쉬고 싶어 자발적 조기 은퇴를 하게 되었다. 두 번째 우연이었다.

밭을 잃은 엄마 아빠, 직장을 버린 나, 우리는 작당모의 끝에 내가 사는 군산에서 함께 밭농사를 하는 것으로 결론을 냈다. 바로 밀어붙여서 땅은 샀는데, 아빠의 이사는 쉽지 않았다. 그래서 이사 내려오기 전까지는 일주일에 한 번 장거리 밭농사를 하고 있다.

나중에 나중에 엄마 아빠가 없으면 이 땅에다 농사 안 하고 나는 뭐 할 거냐고?

'글쎄, 딱 나도 그때까지만 살지 뭐. 오~ 이런 멋진 생각을 내가 하다니.'

이 말이 나오려다 목울대가 찌르르 아파왔다.

밭에 가는 날은 엄마 아빠를 만나러 가는 날이다. 애인이랑 데이트하러 가는 날처럼 좋다. 이 글은 밭농사 이야기이면서, 바다보다는 졸졸졸 시냇물 같은 인생 소풍 이야기이다.

Contents

─────── 1장 ───────

단짠단짠 남다른 텃밭 일지

---- **2장** ----

엄마, 아빠, 그리고 반백 살의 딸

3장

내가 선택한 삶은 1인 가족

4장

이보다 더 좋을 수 없다, 나의 고양이

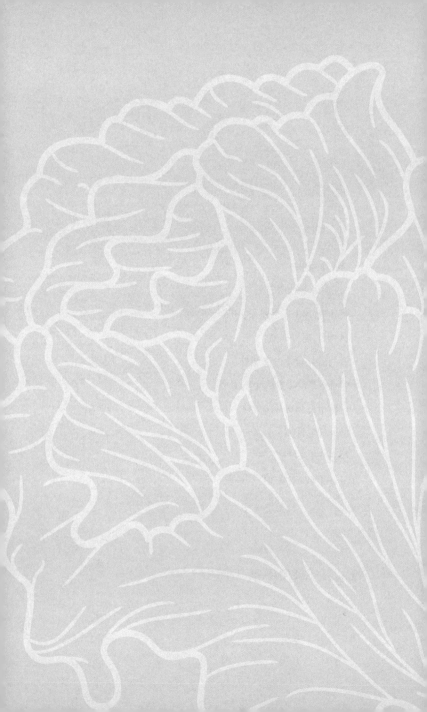

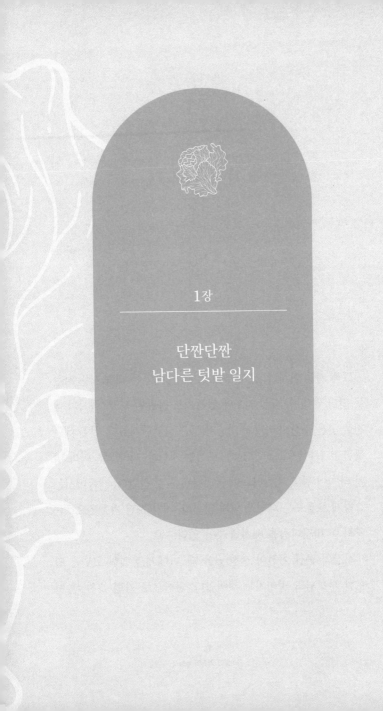

1장

단짠단짠
남다른 텃밭 일지

정 붙이면
어디든 고향인겨

그해 겨울 이삿날, 몹시 추웠다. 군산, 여기는 대체 사람 사는 곳 맞단 말인가. 사실 지도에 있는지도 몰랐던 도시. 회사가 이전한 곳은 군산시 바닷가 비응항 부근 산업단지였다. 살을 에는 듯한 바람이란 말을 알겠다. 보이는 사람은 죄다 패딩이라 마치 타이어 광고 캐릭터들이 굴러다니는 것 같았다. 내륙에서는 그렇게 포동포동 패딩을 입지 않았다. 내가 가진 겨울옷으로는 당최 이 바닷바람을 배겨낼 수는 없다.

직장의 군산 이전이 결정 났을 때, 나에게 유일한 고민은 연로한 부모님과 멀어지는 것이었다. 군산으로 가면 족히 두 시간 거리라 평소에 드나들거나 할 수는 없으니 이걸 어쩐다? 회사를 그만두어야 하나.

"우리 걱정 말고 회사 따라가. 그게 맞는겨. 우리도 그 덕에 군산이란 데 구경도 가고 않겄냐."

나의 망설이는 고민을 아빠는 한방에 날려주었다.

그렇게 마음의 부담을 덜고 이사는 했으나, 여긴 아는 사람 하나 없는 고독한 유배지나 다름없었다. 외로움이 탱자나무 울타리가 되어 날 가두었다.

'내가 조정에 뭔 죄를 짓고 여기에 위리안치되었단 말인고.'

쓸데없는 상념의 나날들이었다. 귀양지를 이탈하여 친구를 만나고 복귀하는 이중생활을 주말마다 얼마간 했더랬다. 사상 최고의 주유비를 소비하며 경차가 낼 수 있는 최대치 마력을 뽑아내며 한반도의 아우토반을 달렸다.

짧지 않은 고속도로는 달리는 음악 감상실이었고, 각종 인문학 강연을 섭렵하는 강의실이었다. 또한 그 주행 시간은 상상의 시간이었다. 경차라서 일찌감치 육중함을 장착하지 못하였기에, 에어가 차면 영화 「업」처럼 꼭 떠버릴 것만 같아 유리문을 내리지 못하는 엉뚱한 상상. 대형차가 제트기 소리를 내며 스쳐 가기라도 하면, 나방이 불에 뛰어들 듯 내 경차가 그 속도에 훅 빨려가는 위험한 상상을 했다. 상행선으로 올라가다 보

17

면 갑자기 차 많고 빌딩 높은 수도권으로 가까워지면서 와칸다 제국의 첨단 도시를 달리는 상상, 차 없고 숲 많은 하행선은 익룡이 날아들고 매머드가 튀어나와 내 경차를 들이받을 것 같은, 모든 여정이 상상 로드였다.

타이어 일곱 개 두르듯 한 외투가 필요했던 겨울을 그렇게 보내고, 꽃 피는 봄을 거쳐 계절들을 살아보니 여기만 한 곳이 없다는 것을 알았다. '유붕이자원방래 불역낙호(有朋而自遠方來 不亦樂乎)'라 했지. 점점 나의 장거리 외출이 줄어드니 입대한 친구 면회 오듯 고향 친구들이 삼삼오오 찾아 내려오곤 했다. 난 완벽한 현지 가이드가 되고 싶었다. 가볼 만한 곳을 거리별로, 일정별로, 계절별로, 맛집별로, 코스를 패키지 할 수 있는 곳이 바로 군산이다. 역사적인 현장은 이야기도 알아둬야 한다. 내 친구들은 잘 적응한 나를 보는 게 흐뭇했고, 하나같이 군산에 대해 좋은 이미지를 가지고 올라갈 수 있었다. 어떤 면을 보냐에 따라 평가가 다르겠지만, 나처럼 산책 좋아하는 사람에게 군산은 무릉도원이다. 산, 바다, 강을 곁에 두었으며 공원과 호수가 탁월하며 음식이 맛있다. 알맞게 전원적이고 적당히 도시적이다. 취미와 문화생활의 본거지로 안성맞춤이다. 터놓고 지낼 친구들까지 생겼으니 그리하여 나는 결심했다. 내 남은 생은 여기서 살리라.

엄마 아빠는 밥숟가락 들 힘만 있어도 자식 신세 안 져야 하고, 뒷방 늙은이로 주저앉는 건 할 게 못 된다 여기신다. 얼마 전부터는 호젓하니 염소나 닭을 먹이며 텃밭 농사할 손바닥만 한 땅 하나 있었음 하셨다. 집 앞마당에 사과나무 한 그루 심어져 있는 손톱만 한 흙덩이로는 성에 안 찼다.

지금 연세에도 꿈이 있으시다니, 요양원과 보호 센터 생활하는 또래 친구들 부모님에 비하면 정말로 두 손 모아 감사한 일이다. 그걸 내가 해드리면 내 부모님의 여생으로 여기도 괜찮겠다 싶었다. 사실 답은 내 마음에 있었다. 타지 생활에 부모님이 더욱더 그리워지고 있었다.

엄마 아빠는 딸 보러 군산을 몇 번 다녀가시더니 대번에 "군산 좋구나." 하셨다.

"정말요? 엄마 아빠도 내려오시는 거 어때요?"

바로 튀어나온 이 말이 특별한 귀농의 마중물이 될 줄이야. 지금 계신 경기도 안성이 인생 칠할 정도는 사시던 터전이니, 그야말로 전라도 군산으로의 민족대이동이라 할 수 있겠다.

딸인 나보다 아들의 든든함을 어찌 모르랴. 하지만 결혼 생활을 접고 혼자 살기 시작하면서 나는 막연히 생각한 게 있다. 지금은 두 분 다 건강하시지만, 강물처럼 흘러가는 그 시간이 지나 어느 때엔가는 한 자식에게 의탁해야 할 텐데, 아무래도 그

건 내가 맞겠지 하는 것. 엄마 아빠에게도 도시에서 가정을 꾸리고 사는 오빠보다는 지방에서 혼자 사는 내가 접근성도 좋고 부담 없으실 테니 말이다.

"오빠, 엄마 아빠 아직 건강하시지만 연세도 있고 하시니, 내가 여기에 자리 마련해서 근처에서 같이 지낼게."

"여든에 머더러 평생 살던 곳을 떠나 굳이 이사까지 갈 필요가 있을까? 노인네 고생만 하지. 거기는 형제, 이웃, 친구도 없는데, 엄마 아빠 심심해서 못써."

가장 맘에 걸리는 것은 '다 늙어 고향 떠나면 안 된다.'였다. 그래, 오빠의 의견을 흘겨만 들을 수는 없지. 그런데 아빠를 설득할 필요는 없었다.

"정 붙이면 어디든 고향인겨. 재미나지 뭘."

나도 조금은 놀랐다. 늙음이란 관념이다. 언제부터 노인이라 할 수 있겠는가. 노인이냐 아니냐는 연금 탈 때 말고 사실 의미가 없다. 오늘 할 수 있는 것, 내일 하고 싶은 것이 있냐 없냐가 중요할 뿐. 우리 아빠는 진정한 프런티어이다. '엄마 아빠의 특별한 귀농' 프로젝트는 일사천리로 진행되었다. 땅을 사기로 했다.

아뿔싸. 예상치 못한 난관에 봉착했다. 아빠가 생각한 손바닥만 한 땅에는 집터와 텃밭, 비닐하우스, 염소 울타리, 원두막, 거

기다 주차장까지 다 들어가야 했다. 이건 교회만 없지, 중세의 장원이 아닌가. 진정 손톱과 손바닥의 차이를 실감했다.

좌우지간 셋이 머리 맞대어 견적과 예산과 여러 조건 설정을 하였다. 그리하여 대략 8개월에 걸쳐 40여 군데의 땅을 보러 다닌 결과, 내가 살고 있는 아파트와 20분 거리에 적당한 땅을 살 수 있었다. 마트에서 햇반이나 사던 내가 땅을 다 사다니 뭔가 대단한 거를 이루어낸 것 같다. 안 될 것도 같았지만 달려드니 또 되는 게 신기했다. 말로만 듣던 생산수단을 소유한 부르주아가 된 것이다. 마르크스에 따르면 투쟁의 대상이 된 것이니 기분이 묘하다. 이젠 부모님 주택을 팔아서 그림 같은 집을 지을 것이다. 엄마 아빠의 소중한 꿈을 내가 이루어 드린 것 같아 뿌듯했다.

나중에 알았다. 군산으로 내려올 결심을 하고 나서 아빠는 오빠에게 따로 한 말이 있다는 것을.

"너는 가족이 있고 잘 벌어 먹고 살지만, 네 동생은 혼자서 저렇게 자주 아프고 하니 나랑 네 엄마가 내려가서 뭐라도 해줄 수 있는 건 해줄라 헌다. 내 비록 늙었어도 부모로서 저 혼자 먹고 살아갈 가장 편한 길이 뭔지를 가서 해봐야 하지 않겠냐."

아빠는 계획이 다 있었다. 텃밭이 다가 아니었다. '텃밭을 가장한 과년한 딸 노후대책 만들어놓기'인 것이었다. 대체 부모님 마음의 깊이와 넓이는 어디까지일까. 세상에 존재하는 어떤 측정기로도 잴 수 없다. 더욱이 내 소양으로는 감히 헤아릴 수 없도다. "제가 부모님 모시고 살려고요." 하면 사람들은 열이면 열 "참, 효녀네." 하며 나를 칭찬했다. 칭찬받으니 좋기만 했던 나는 참으로 철부지였다.

내가 아는
그 농협?

이른 아침부터 전화기에서 아빠의 이름이 울렸다. 아빠는 늘 다음 주의 농사 일정과 작업 내용과 또 내가 따로 준비할 것을 먼저 일러준다. 이번 주 내가 할 일은 '비료 구매할 것. 퇴비 입고 신청할 것'이다.

사무실 책상에서 컴퓨터로 일만 하던 나는 농사라고는 당연히 작은 거 하나라도 알아서 할 줄 아는 게 없다. 그저 아빠가 시키는 거나 물어물어 해결하면서 아직은 '농사의 세계' 변두리에서 서성대는 정도이다. 모양새는 마치 대기업 후계자 경영 수업하듯이 실무 바닥부터 밟아 올라가는 코스처럼 보이지 않는가?

오빠는 나보다 농사를 더 싫어하니 마침 경쟁자도 없다. 합병이나 지배구조 재편도 필요 없다. 이렇게 무난한 승계가 있을까. 그럼에도 나는 아빠의 후계자로 나설 마음은 없다.

아빠는 내심 당신이 건강하실 때 잘 가르쳐서 나를 어엿한 농부로 만들려는 큰 그림을 그릴지도 모른다. 나는 우리 가족이 함께 추억을 쌓아가는 의미로 이 밭농사 일에 애정이 크다. 내가 뭘 할지는 그때 생각하고 싶다. 지금은 농부 코스프레나 하며 흙과 푸른 하늘 보러 다니는 것이 너무 좋다. 내가 준비한 점심을 밭에서 우리 셋이 맛있게 먹을 때, 행복은 거기 있다.

엄마는 땅 사는 거부터 반대했다. 언제나처럼 엄마의 의견은 별로 힘이 없다. 마을 경로당에서 10원짜리 화투로 240원을 잃고 속상하지만, 그러고는 또 일일드라마 보며 다 잊어버리는 엄마는, 밭에 가는 날이 가까워오면 반갑지만은 않다. 사람이 일이 없으면 몸이 굳어버려 못 쓴다며 늘 적당한 노동으로 건강을 유지하는 아빠한테는 소일거리일지라도 엄마에게는 고된 노동이다.

"네 아부지 부지런해서 내가 이 나이에 고생이다."란 말을 나는 여러 번 들었다. 아빠는 밭일에 서툰 엄마를 못마땅해한다.

"아빠, 우리 셋이 세트로 움직이는데 엄마가 병나면 우리는 다 꼼짝 못해. 엄마니까 아빠 따라다니며 이 나이에 농사일하지. 누가 한다고?"

아빠는 이렇다 할 대답은 없지만, 엄마를 존중해달라는 뜻으로 들은 것을 나는 안다. 사실은 밭농사 시작하고부터 아빠는 전보다 엄마를 더 챙기기는 한다.

일단 나는 비료부터 구매하자. 내가 받은 미션은 '농협에서 비료 사 오기'다. 내가 아는 그 농협? 재차 확인까지 했다. 번호표를 뽑았다. 내 차례가 되어서 창구로 다가가면서도 이건 아닌 거 같은데 싶더니 결국 아니었다.

"아, 고객님. 농협은 농협 맞는데요. 비료는 농자재 농협으로 가셔야 해요."

아니 그런 농협이 있다고? 거긴 또 어딘가? 어쨌거나 농협은 농협이니까 아빠 말이 틀린 건 아니었다. 나는 다시 차를 돌려야 했다. 여하튼 하나 배웠다.

그다음 배운 게 또 있다. 퇴비에 대한 이야기이다. 퇴비 신청하라는 문자를 받고 면사무소를 방문한 것은 두어 달 전이었다. 문자를 보고 왔다고 하면 나랏일 하시는 분들이 다 알아서 해주는 줄 알았다. 건네받은 신청서에 기본적인 사항을 적어나가는데, 퇴비업체 이름을 적는 칸이 나오는 것이 아닌가. 시험문제 풀다가 공부 안 한 게 나와서 딱 막힌 기분이었다. 내가 알아서 쓰라는 것이었다. 농사가 처음이니 퇴비업체를 내가

25

1장 │ 단짠단짠 남다른 텃밭 일지

알 리가 있나?

"그럼 퇴비업체 명단을 보여줄 테니 선택하세요."

자신들은 업체에 대하여 일체 정보가 없으며 신청만 받아준다는 것이다.

'음, 그렇구나.'

대략 훑어보고 하나를 골랐었다. 모를 때는 대개 긴 게 정답이다. 그렇게 신청만 해놓은 상태였다.

아빠의 미션에 퇴비 입고 날짜를 확인하러 그 업체에 전화를 했다.

"이 번호는 없는 번호이니 확인 후 어쩌고저쩌고…"

너무도 익숙하지만 반갑지 않은 멘트였다. 면사무소에서는 아무 일 아니라는 듯이 그렇다면 농자재 농협이란 곳을 찾아가보라고만 알려주었다. 아! 또 그 농자재 농협이구나.

"그 업체는 망해서 문 닫은 지 몇 년 됐어요. 면사무소 직원이 그런 거 알간디요."

농자재 농협에서 정상적인 업체를 연결해주어서 해결되었다. 폐업한 업체를 면사무소에 알려줘야 하나 잠깐 생각했다. 업무상 도움도 줄 겸 목록 점검 좀 하시라는 고객 불만도 없을 겸 말이다. 아니다. 프로 오지라퍼가 되기가 좀 껄쩍지근했다.

이번에는 '배추 모종 무료 공급' 안내 문자였다. 발신인에게 전화해서 공급 장소를 확인했다. 또 틀림없이 농협이란다. 다시 확인했다.

"농협이라고요?"

또 번호표 뽑고 대기했다.

'농협이 언제부터 배추도 나눠준거? 여기 배추 모종이 있다고? 내가 모르는 뒷마당에 있나부지, 뭘.'

내 차례가 되어서 창구로 다가가면서도 또 이건 아닌 거 같은데 싶더니 결국 아니었다.

"아, 고객님. 농협은 농협 맞는데요. 배추는 육묘장 농협으로 가셔야 해요."

일단 창피했다. 다음 벨 소리를 기다리며 통장을 들고 대기 중인 고객들이 나의 "배추 주세요."를 들은 것만 같아서 말이다. 내 잘못이 아닌 것으로 헛걸음하면 시간도 아깝고 진짜 속상하다. 왜 처음부터 정확히 알려주지 않냐고? 당신들이 아는 걸 초보도 다 안다고 생각하지 말라고 알려주고 싶었다.

"아이구, 당연히 농사 지시면 다 아는 줄 알았지유. 농협이 여러 개여요. 이참에 이런 농협 저런 농협 하나하나 알아가시면 좋지요 뭐. 허허허."

웃는 얼굴에 침 못 뱉는다고 사람 좋은 웃음소리가 전화선을 타고 구수하게 들려왔다. 내가 융통성 없고 멍청한 걸로 하고

27

1장 | 단짠단짠 남다른 텃밭 일지

전화까지 하지는 말 걸 후회했다.

모든 게 '거시기'로 통하는 게 가능하다더니, 여기야말로 농사는 농협이면 다 통하는 세계였다. 농협 다니는 오랜 친구가 있어서 농협이 마냥 친근하게만 느껴졌지, 농협의 종류가 이렇게 많은지 몰랐다. 농사 월드가 곧 농협 월드라 해도 틀린 말은 아닌 듯하다.

검색해도 다 나온다거나 무엇이든 물어보는 포탈 지식도 현실에선 쓸모없을 때가 발생한다. 정보 공급자와 수급자 사이에 깊고 넓은 상식의 차이가 존재하기 때문이다. 세상은 '같은 언어 다른 생각'이라는 함정투성이다. 평생 직장생활하고 은퇴한 남성이 사회에 나오면 초등학생이나 마찬가지라더니 내가 딱 그 모습이었다. 어쨌든 또 하나 배웠다.

나의 좌충우돌 농협 투어 하는 사이에 전 주인이 심어놓은 산수유가 소리소문없이 나무를 뚫고 피어버렸다. 노란 물감 툭 툭 떨어뜨린 수채화를 보며 저절로 지어지는 그 미소면 되었다. 봄이니까.

이장님 찾아
삼만리

　이건 중요하다. 땅을 사서 뭐라도 심었으면 행여 그게 자장율사의 지팡이일지라도 물 주기와 함께 해야 할 것이 꼭 있다. 농지원부 작성, 농업경영인 등록, 농협 조합원 가입. 이 세 가지를 다 마쳐야 비로소 진정한 농업인으로 거듭나는 것이다. 직불금, 배추 모종 무상 공급, 퇴비 등 시기별로 다양한 혜택이 있다. 모든 게 처음인 나에게는 또 하나의 신세계였다.

　나는 영농일지를 작성하기 시작했다. 첫해를 일단 잘 기록하고 다음 해부터는 업데이트만 하면 굉장히 편하고 도움이 크니까. 농경문화가 그렇지 않나. 유목과 다르게 그 시기에 꼭 해야 하는 동일한 작업을 얼마나 착착 잘 따르느냐가 한 해 농사 성패를 좌우한다. 모든 게 처음이라고 혼자만 다르게 하면 못 쓴다.

행정이란 게 다 그렇듯이 관련 기관, 자격 조건, 절차와 필요서류가 각각 다르다. 애매했던 정보, 헷갈려서 실수한 경험을 이야기해보고자 한다. 나처럼 초보 경작인에게 도움이 됐으면 좋겠다.

첫째, 서류가 많아서 여기저기 돌아다녀야 하므로 효율적인 동선을 미리 계획해야 한다. 서류를 가지러 한 번, 제출하러 또 한 번인 것도 있다. 주민센터나 동사무소를 방문해야 할 때는 경작자 주소 관할인지 경작지 주소 관할인지 꼭 확인해야 한다. 확인했음에도 막상 당일에는 반대로 방문하여 동선이 꼬이는 실수를 했다.

둘째, 직불금에 대한 것이다. 직불금이란 농가의 농업 활동을 위해 정부에서 농업인들에게 직접 소득을 보조하여 주는 금액이다. 직불금 신청 기간은 연초이고, 지급 기간은 연말쯤이다. 신청 자격은 경작 1년 이상부터이다. 첫 신청에 헛걸음을 하고서야 정확히 알았다. 토지매입 후 바로 농업인 등록을 했어야 하는 건데, 차일피일 두어 달을 미룬 것이 생각났다.

등록을 늦게 한 실수로 한 해 경작을 하고도 서류상은 기간이 부족한 상황이 된 것이었다. 아쉽지만 한 해 직불금은 포기해야 했다. 토지가 크지 않아서 받을 금액이 얼마 안 됐겠지만, 백수 농사꾼으로서 작은 돈이란 없다. 부지런함이 돈이 되는, 그것이 농경 생활이라는 걸 배웠다.

셋째, 사실 관공서 서류보다 조금 더 난감한 것은 농작물 경영 확인 사인을 받아오기 위해 이장님을 만나는 것이다. 직장 옆자리하고도 말 잘 안 하는 전문직 내근만 오래 해서일까. 낯선 남자 어르신 만나는 일은 괜히 어렵고 긴장이 되는 일이었다.

"그건 개인정보라서 안 알려주는데요."

"사인받아오라면서 이장님 연락처를 안 알려주면 저는 어떻게…."

"아무래도 그 동네로 가셔서 알아보시는 게 어떨는지요."

오호! 월리를 찾아라? 일단 토지매매계약서에 전주인 할머니 전화번호가 있었다. 이장님을 모른다는 답변이 왔다. 그럴 수 있다. 다 이장을 알고 살진 않으니까. 그다음에는 내비게이션을 찍고 동네 마을회관을 찾아갔다. 코로나로 인한 폐쇄 안내

문이 나를 맞이했다. 이제는 무작정 동네 분에게 물어보자. 차를 세워놓고 동네를 걸었다. 문 열린 집을 기웃거렸더니 주인으로 보이는 아저씨가 마당에서 말을 먼저 걸어 주셨다.

지붕 사이를 돌고 돌아 골목을 걷고 걸어 알려주신 파란 지붕 농가를 찾아냈다.

"나 아닌데요. 이장 바뀌었는데요."

다행인 일은 자신의 친구가 새 이장이라며 전화번호를 주었다. 통화 후 이장님을 만나는 데 성공했다. 복숭아 박스를 공손히 들고 90도 넙죽 인사가 저절로 굽혀졌다. 바로 서류와 볼펜을 복숭아 위에 얹어 쭉 들이밀었다.

"밭이 어딘지 가보세."

직접 경작을 확인하는 투철한 직업 정신. 그렇지. 선 확인 후 사인 맞다. 시골이라서인가 나는 지레 좋은 게 좋은 거라고 내심 생각했나 보다. 복숭아와 사인을 직거래하려 했던 내 손이 이렇게 민망할 데가 있나. 이장님은 우리 밭의 농작물을 둘러보았다. 지나가다 두 어르신 일하는 것을 보았다고도 했다. 우리 엄마 아빠였다.

"네네, 이장님. 제가 진작에 찾아뵙고 인사드렸어야 했는데요."

어색한 조아림이 나왔다. 확인도 했겠다, 나의 식상한 인사말에 사인으로 화답하실 줄 알았다.

"차에 타요. 아까 거기 우리 집으로 가세. 그리고 저 복숭아는 얼마짜리 사 온 거예요?"

혁. 예상치 못한 질문이었다. 허를 찔린 건가? 마트에서 만 이천 원과 이만 원을 잠깐 고민하다 만 이천 원짜리를 싣고 왔다. 이만 원 주고 샀다고 할까? 설마 너무 싼 것을 사 온 게 결정적일까. 그래, 첫인사인데 내가 돈을 좀 쓸걸. 잠깐 후회도 했다. 이 핑계 저 핑계를 대며 다시 오라고 하면 그땐 그 옆에 삼사만 원짜리를 사겠어. 그래 사는 게 다 그런 거지, 뭐. 혼자 생각하는 동안 이장님 집에 도착했다.

나는 내 눈을 의심했다. 복숭아 상자가 이장님네 창고에 그득했다. 수확 철이라 이장님은 마침 시세가 궁금하셨던 거였다. 이장님은 자신의 복숭아를 까주는 내내 본인의 복숭아 품종 자랑을 하셨다. 단단하고 엄청 달았다. 내가 무슨 생각을 한 게야. 부끄러워서 얼굴이 빨개졌다. 언제든 필요하면 도움을 청하라고 이장님 집을 일부러 알려준 것이었다.

동네 분들이 어떤 갖가지 일들을 하는지, 그래서 여러 방면으로 도움이 될 거라고도 했다. 낯선 외지인에게는 그저 감사한 일이었다. 부모님 지낼 집을 지을 거라고도 했더니, 동네 사람한테 일 맡기면 안 속는다는 현실적인 조언도 해주셨다. 내 복숭아는 도로 싣고 왔다. 물론 이장님의 사인과 함께. 내게는 어떤 연예인의 그것보다 귀한 사인이었다.

또 하나, 이장님을 찾아 동네 골목골목을 걸어 다니다 보니 그렇게 정겨울 수가 없었다. 계획지구의 반듯한 바둑판 마을이 아니라 오래전 초가집 터 모양 그대로 해서 현대식 농가주택으로 변모한, 세월이 고스란히 묻은 마을이었다. 고불고불 골목길을 돌 때면 국민학교 소풍에서 하던 보물찾기의 설렘이 떠올랐다. 어느 나무에 보물쪽지가 꽂혀 있을까. 내비게이션의 우회전 좌회전이 안 통하는 이 골목에 그때의 보물찾기 숲이 오버랩되는 환상을 잠시 느꼈다. 신기했다.

저 골목 귀퉁이쯤에 두리번거리는 내가 서 있었다. 내 것이었던 적이라고 하기에는 너무 오래된, 나에게도 있었나 싶은 잊고 있었던 나의 동심. 그때의 나를 만난다면 해주고 싶은 말이 있다.

"그때 못 찾은 보물 말이야. 걱정 마. 항상 네가 보물이었어. 너 꽤 괜찮게 살았거든."

이장님을 찾아 돌아다닌 시골 마을 골목길이 나를 만나고 돌아오는 여행이 되었다.

사이보그 밭농사

가만히 지켜보면 희한한 광경이다. 같은 작업인데 자세는 제각각이다. 밭에서 엄마와 아빠와 나는 어느 정도 각자 맡은 역할이 있고, 또 다 같이 달라붙어서 하는 일도 있다. 풀 매기가 그렇고, 고추 따기도 그렇다. 아빠는 쪼그리고 앉아서 풀을 뽑고, 엄마는 다리가 아프다며 쪼그리기가 안된다. 농사용 엉덩이 방석에 올라앉는 자세로 일해야 편하단다.

그럼 가장 최근 수술한 경력이 있는 나는 어떤가? 나의 모든 농사 자세는 사족보행이다. 무릎과 두 손, 네 발 자세가 일하기 편하다. 실제 호랑이 걷기, 호보법이 운동 효과는 좋다고 한다.

오래 하면 어깨가 아파오는 단점은 있다. 사실 농사일 자체를 안 하는 게 제일 좋은데 말이다.

우리 가족은 사이보그 인간이다. 생물과 기계 장치의 결합체. '사이보그(cyborg)'는 'cybernetic'과 'organism'의 합성어이다. 인공물의 도움을 받아 일상을 유지하는 인조인간. 엄마는 귀에는 보청기가, 발목에는 철이 박혀 있다. 신체의 일부가 되어버린 아빠의 틀니. 나는 임플란트를 해서 구강 엑스레이 사진을 보면 꼭 터미네이터처럼 나사가 살벌하게 보인다.

우리 셋은 또 어쩌다 모두 디스크 관련 수술을 했는데, 몸이란 게 생물의 물성 때문인지 각자 고유하게 살아내는 일상이 다른지라 증상과 회복 결과가 자기 방식대로인 것 같다. 풀 뽑기 자세가 다 다른 이유인 게다.

우리 가족은 나름 신체 장애와 환자와 노인 패밀리이다. 엄마는 왼손 네 번째 손가락이 공장에서 잘렸고, 아빠는 오른손 세 번째와 다섯 번째 손가락이 그렇다. 누가 누굴 온전히 케어할 만큼 건강한 사람은 없다. 그중 가장 나이가 적은 내가 힘쓰는 일을 도맡아 할 것 같지만, 절대 아니올시다. 무거운 거 들기와 오래 앉아있기를 절대 하지 말라는 한의사 선생님의 말씀이 내 인생 좌우명이 된 마당에 나는 나대로 이기적으로 일을 요령껏 안 한다.

그래서 우리 가족의 가훈은 '알아서 각자 아프지 말자.'이다. 한 명이 병이라도 나면 농사 대체인력이 없다. 아빠는 알아서 운전 조심하고 무거운 거 조심해서 들어야 하고, 엄마는 알아서 넘어지지 말 것이며, 나는 알아서 일을 잘 안 하고 있다. 안 다치고 병 안 나는 게 서로 폐 끼치지 않는 것이며 고마운 일이라는 걸 우리는 서로가 암묵적으로 안다. 아는 정도가 아니라 시간 날 때마다 내가 읊어대기 때문에 아예 '가족교육헌장'이라 할 수 있겠다.

"아빠. 조금 더 작게 해서 두 번 날라요. 번거롭더라도 그게 허리한테 좋다니께."

"엄마도 힘들면 그때그때 쉬고요. 그리고 꼭 땅바닥 잘 보고 댕기고. 알았지?"

감자 수확을 앞둔 어느 날, 엄마는 기어코 넘어졌다. 팔목을 다쳤다. 넘어진 이유는 없다. 워낙에 평소에 잘 넘어진다는 게 이유라면 이유다.

"엄마, 속상할 거 없어. 팔목 다친 게 다행이라니까. 엄마가 팔로 짚지 않았으면 골반 다쳤어. 엉치 금가면 진짜 큰일이지. 엄마 누워서만 살아야 돼. 지금이 나쁘지 않아. 괜찮아, 엄마."

아무래도 근골격계의 타고난 우월성 덕에 유일한 청일점인 아빠가 여든 넘은 노인임에도 짐꾼의 역할을 한다. 엄마 없이 감자 수확을 마치고 며칠 지난 아침이었다. 가족교육헌장이 무색하게 아빠는 결국 허리 통증으로 일어날 수가 없었다. 감자 10킬로그램 박스 여나무 개를 혼자서 들고 날랐으니, 우려하던 바가 현실이 된 것이었다.

"또 못 일어난다. 네 아부지. 농사를 계속했다간. 네가 그냥 땅을 팔아. 네 아부지 농사일 못허게 말여."

먼저 땅을 팔자고 한 건 작은아버지였다. 이건 확실한 재발이고 수술도 당연히 예상을 하며, 작은아버지 차로 누워 그대로 병원행이었다고 한다. 다행히 간단한 시술로 직립보행이 가능해져서 수술과 입원은 면하게 되었지만, 아빠는 내심 여간 놀라신 게 아니었다.

여하튼 엄마는 깁스한 팔로 풀도 뽑고 고추도 땄고 여름을 보냈다. 부상투혼으로 김장배추를 제때에 심고 마지막 고추까지 잘 땄다. 두 분 다 회복은 잘 되었다. 봄 마늘도 심었고, 이제 고구마 캘 차례이다.

작은아버지 도움도 있었고 해서 큰 차질이 없는 줄 알았다. 아니었다. 기껏 작년 수확량의 절반 조금 더 나왔다. 감자가 그랬고, 파프리카와 단호박은 정말이지 보기 안타까울 정도였다. 가뭄이 길었고 장마도 길었던 탓에 고추는 탄저병까지 돌았다.

결정적 원인은 바로 가뭄도 장마도 아니었다. "우리가 덜 신경 쓴 게야."라며 아빠는 작은 탄식을 내뱉었다. 벼는 농부의 발소리를 듣고 자란다는 말이 있는데, 밭농사도 다르지 않았다. 병원 드나드느라 밭에 조금 덜 다녀간 것이 이렇게 큰 표시가 날 줄이야. 흙은, 땅은, 농사는 진짜 거짓말을 안 한다. 완벽하게 정직하다.

그래서 더 귀중하다, 말하면 무엇하랴. 오늘 저녁 상차림에서 나는 감자 한 알 단호박 한 토막도 허투루 쓰지 않았다. 잘 먹겠습니다. 감사 인사라도 하며 먹을 정도다. 그리고 우리 셋 다 늘 무사하길 바랄 뿐이다.

안녕, 감자!

하지를 며칠 앞둔 첫 감자 수확 날이다. 감자 줄기 주변 흙을 호미로 살살 긁는다. 상처받기 쉽기 때문에 아주 조심스러워야 한다. 그리 깊지 않은 곳에 먼저 나와 있는 녀석이 느껴진다. 그럴 때면 호미로 캐는 것이 아니다. 세상에 나오기도 전에 쇠붙이에 긁히는 건 슬픈 일이다. 호미를 놓고 부드러운 손으로 흙을 걷어낸다. 드디어 첫 감자가 뽀얀 얼굴을 내민다. 태양을 바라보는 용기, 멋지다. 나는 인사한다. 안녕, 감자!

나는 언제부터인가 동물이든 무생물이든 인사하는 습관이 생겼다. 아무래도 고양이와 함께 살면서부터인 것 같다. 나쁜 아니라 많은 인간이 그렇다. 무인도의 친구 윌슨까지 가지 않더라도 말이다. 인간이 아닌 것에 인격을 부여하는 작업은 재미를 넘어 사회진화론적 관점에서도 생존에 유리했을 것이 자명하다. 의인화하는 것은 인간만의 특징이다. 세상에 널리 인간의 애정을 확장하는 것일까? 아니면 한낱 인간중심주의적 사고의 착각일까? 정답은 모르겠지만, 감자와 나누는 인사는 분명 입꼬리가 올라가는 일이다.

나는 감자가 좋다. 작가 김훈은 자두의 감촉은 덜 자란 동물의 살과 같아서 육향이 난다고 했다. 방금 흙을 털어낸 내 감자는 솜털이 남아 있는 미소년의 어깨 같다. 동글동글 골마다 감자들이 모여있다. 시골의 내가 좀 덜 시골인 국민학교로 입학한 그날 처음 본 뭉텅이 남자애들 같다. 우유 향이 났고, 보기만 해도 신기하고 흐뭇하다.

어떻게 주렁주렁 감자의 살덩이들이 만들어지는지 나는 알지 못한다. 보물창고 같은 땅속, 대체 무슨 일이 있었던 거니? 내가 한 것이라고는 씨감자를 흙에 심기만 했을 뿐. 오일장 날 그냥 주름살이 맘씨 좋아 보이는 어르신한테서 깎지 않고 샀을 뿐. 햇빛을 마시고 비를 맞고 혼자서 알아서 다 했다. 감자를 심고 캐본 사람은 안다. 얼마나 감사한 일인지를.

감자는 식재료로도 최고이고, 생각할 거리가 있어서 더 좋다.

아일랜드 감자 대기근과 고흐의 '감자 먹는 사람들'의 거친 손도 생각해본다. 더불어 감자의 최초 재배지인 남미 잉카제국에서부터 나에게까지 온 길, 전쟁과 기근을 겪고 오해와 편견을 뚫고 온 그 기구한 운명을 생각해본다.

나는 어릴 적부터 농사가 싫었다. 고된 농사일은 본래 일손이 부족하지 않은 날이 없었다. 오빠들과는 다르게 나에게는 부엌일까지 주어졌다. 이 이중의 노동은 시골에 사는 여자애에게 당연한 것이었다. 그 밭의 크기만큼 고향이 싫고, 경작하는 채소의 종류만큼 시골은 싫은 것이었다.

자연과는 먼 도시 생활을 언제나 꿈꿨다. 그때는 몰랐다. 지금 이렇게 늙은 딸이 더 늙은 부모와 텃밭 농사를 하게 될 줄은. 꽤 괜찮다. 일 시키는 직장 상사도 없고 지긋지긋한 야근도 없다. 마음이 편하다. 땅은 내가 땀 흘린 만큼의 먹거리를 내어준다. 솔직하고 정직하다. 수확을 기다리는 기쁨은 마치 지난 시절, 수렵 채집하던 구석기의 본능을 추억하게 한다. 무엇보다 부모님과 함께하는 즐거운 여행이다. 이 일상을 내 모든 행복으로 삼고 싶다.

상추 예찬

아침에 삼겹살, 그게 바로 나다. 삼겹살의 장점은 맛있는 간편식이라는 것이다. 삼겹살이 맛있다는 것을 모르면 간첩일 테고. (말이 그렇지, 간첩이라고 어찌 모를까.) 그렇다면 삼겹살이 간편식이라고? 이 말에는 많은 한국인이 동의하지 않을 수 있겠다.

삼겹살이라 하면 상추, 마늘, 고추, 무생채, 기름장, 된장찌개가 기본 세트다. 내 친구는 삼겹살에 무조건 콩나물무침이다. 내가 아침에 삼겹살로 간편식이 가능한 이유는 차 떼고 포 떼고 오직 삼겹살만 먹기 때문이다. 특히, 상추는 안 먹는다. 나는 오히려 깻잎이나 당귀나 셀러리처럼 강한 맛을 좋아한다. 거기에 비에 상추는 슴슴하니 너무 매력이 없다.

한 장 한 장을 안 찢어지게 여러 번을 씻어야 하는 것도 귀찮았다. 흐르는 물이어야 하니 그 물의 양이 몇 바가지는 되고 마시지도 못하고 그냥 개수대에 쏟아버리기도 아깝고 해서 통에 모아두었다가 재활용한 기억도 있다. 쌈을 싸 먹으면서는 손에 물 천지이고 그 손의 물기를 닦아가며 먹는 것도 불편하기 짝이 없었다. 입에 들어가는 소득에 비해 뒤처리가 귀찮아 한두 번 먹으면 금세 상추의 한계효용에 다다른다.

한반도 사람들은 상추쌈을 진짜 좋아한다. 고기를 먹기 위해 쌈을 싸는 것이 아니라 쌈을 싸 먹기 위해서 고기를 먹는 게 아닌가 생각 들 정도이다. 나는 고기를 상추에 싸 먹는 사람을 이해 못 했다. 고기 맛 떨어지게 왜 저러지? 회도 그렇다. 튀김옷 입히듯 초장에 푹 담그는 것도 경악을 금치 못할 판인데, 또 거기다가 상추까지 싸 먹는 것은 테러나 마찬가지였다. 그것은 자신의 몸뚱이를 내어주시는 고기들에 대한 예의가 아니다.

그런데, 텃밭 농사를 하면서 나는 상추 예찬론자가 되었다. 상추는 다른 농작물과 달리 수확이 한 차례로 끝나는 것이 아니다. 여러 나날을 계속 수확할 수 있다. 상추 잎을 뜯으면 또 자란다. 싹 뜯어왔는데, 일주일 후에 가보니 고대로 또 다 자라 있었다. 바로 일주일 전의 모습으로 완벽하게 변신해 있었다.

자고 일어나면 과거의 똑같은 공간으로 돌아가는 타임 루프 영화가 생각났다. 이거 뭐지? 오늘 또 한 아름을 수익 실현할 수 있게 되었다. 주식으로 치면 매수와 함께 오르기만 하는 종목이라고나 할까.

엄마 아빠와 텃밭 농사를 하지만, 책상머리 직장생활만 하던 내가 농사에 대해 뭘 알겠나. 농사일의 대부분을 엄마 아빠가 다 하고, 나는 힘들지 않고 쉬운 일을 한다. 그래서 비닐하우스 상추 물주는 일이 내가 하는 일이다. 비닐하우스 문을 열어서 바람이 지나가게 하는 일도 내가 한다. 그렇게 내가 돌봐서인가? 우리 상추는 지금까지 내가 먹어봤던 상추 맛이 아니었다.

"상추가 이렇게 맛있는 거였다니."

이제는 상추를 간식처럼 먹는다. 아침이면 냉장고의 상추를 식탁 위에 꺼내놓고 하루 종일 왔다 갔다 하면서 비스킷 집어먹듯이 먹는다. 그냥 맨밥에 된장만 쪼꼼 발라서도 싸 먹는다.

상추의 종류에는 청상추, 적상추, 그리고 잎이 너풀거리는 꽃상추가 있다. 우리 상추는 다른 상추에 비해 가장 순하고 수분이 많다고 하는 청상추이다. 색깔이 초록 초록하고 조직이 얇아 야들야들하다. 그래서 더 이쁘다. 어지간한 화초보다도 이쁘다.

밭에서 엄마 한 봉다리, 그리고 나 한 봉다리를 담고 별도로 두어 봉다리를 더 담아서 나는 상추 배달 투어를 한다. 아직 회사 퇴근 전인 친구의 집 문고리에 걸어놓았다. 직장에서 지친 하루였을 친구가 문 앞 파란 상추를 보고 입꼬리가 올라갔으면 좋겠다.

퇴근 시간이 지나면서 상추를 발견한 친구로부터 고맙다는 이모티콘이 날아오기 시작했다. 상추 비빔밥 먹는 사진을 보내주는 친구도 있었다. 사실 고마워할 건 없다. 왜냐면 줄 수 없는 제일 좋은 것, 그건 내 거니까. 그건 바로 상추 먹는 기쁨도 아니고, 나누는 기쁨도 아닌 상추 뜯을 때의 그 감성이다.

"상추야, 고맙다. 잘 먹을게. 이렇게 키우느라 일주일 애썼다."

안구가 정화될 정도의 초록 밭 한가운데서 낮은 자세로 저절로 대화가 나온다. '톡' 뜯으면 은은한 상추 향이 코를 건드린다. 손톱에 낀 검은 풀 때를 씻어내고도 남아 있는 그 향이 참 좋다. 그 향과 감사 인사와 초록색과 한 몸이 되는 그 감성 터짐은 어떻게 나눠줄 방법이 없다. 오롯이 내 것이다.

이 모든 게 다 엄마 아빠가 건강하셔서 가능한 일이다. 엄마 아빠와 내가 언제까지 텃밭 농사를 할 수 있을까? 올해가 마지막이 될까? 그래도 내년까지는 가능하겠지? 상추에 물 주는 거 말고도 더 도와드리고 싶은데, 엄마 아빠와의 추억을 더 만들고 싶은데, 나의 기도를 어느 신이라도 괜찮으니 들어주시면 참 감사할 텐데. 제발, 그리고 부디….

깨알이 눈앞에서
쏟아지니

  주말 비 예고에 금요일로 깨 터는 날을 정해야 했다. 점심을
준비해서 밭에 도착하니 아빠는 다 베어서 말려놓은 깨나무 더
미를 나르고 있었고, 넓지막한 포장 위에서 엄마는 방망이질을
하고 있었다. 나를 보자 웃는 엄마 아빠는 한 폭의 그림이었다.
내 눈에는 밀레의 '이삭줍기'나 '만종'과는 급이 다른 또 하나의
명작이라고나 할까.
  그 순간 그냥 이유 없이 감사했다. 눈만 봐도 알 수 있는 순하
게 살아온 생, 저 여자와 남자가 내 엄마 아빠라는 것이 감사했
다. 가을 황금 햇살이라서 감사했고, 우리 셋이 오늘 슬플 일 없

이 깨를 털 수 있는 것에도 감사했다. 이대로 하루를 누리고 싶을 뿐, 모든 욕심이 사라지는 순간이었다.

깨의 양이 많지 않아서 가볍게 방망이로 두들기기로 했다. 국민학교 운동장만 한 앞마당에서 도리깨질을 하던 어릴 적 기억이 떠올랐다. 수다 담당인 나는 그 추억을 끄집어냈다. 나는 엄마 아빠의 옛날이야기를 듣는 것이 너무 좋다. 평생 먹어도 질리지 않을 흰밥 같은 것이 바로 엄마 아빠의 이야기라고나 할까.

"먹게."

"가게."

내가 없다면 아마 엄마 아빠는 종일 딱 이 두 마디만 하실 게 분명하다. 며느리에게 쏘이는 봄볕과 다르게 가을볕은 딸에게 쏘인다는데, 그 볕에 깨가 어찌 잘 말랐는지 바삭하니 조금만 건드려도 후두둑 떨어진다. 아빠가 깨나무 더미를 들고 나를 때 깨알이 밭에 떨어지기도 하는 건 어쩔 수 없고, 방망이질을 할 때 깨가 포장 밖으로 튀어 나가진 않아야 했다. 왼손으로는 깨나무를 두어 개 모아 잡고 돌려가며 오른손으로 꼼꼼하게 두들겼다. 처음에는 얼마큼 두들겨야 깨가 다 떨어지는지를 모르겠어서, 두들기다 말고 깨알이 들어있는 꼬투리를 가끔 손으로 벗겨보기도 했다.

고추를 딸 적마다, 동부콩을 딸 적마다 바람이 깻밭을 거쳐 우리에게로 불어오면 깻잎 체취가 기가 막혔다. 깻밭에 들어가기라도 하면 마치 들기름 샤워라도 하는 황홀경이었다. 부엌살림을 거의 하지 않는 나의 경우, 나물 무칠 일이 없어도 들기름을 냉장고에 귀하게 모셔놓는 이유는 가끔 입맛 없을 때 곧잘 맨밥에 비벼 먹기 때문이다. 고급진 느끼한 맛에 김치 하나만 놓고 먹으면 참 좋다.

일설에 의하면 깻잎은 우리나라 사람만 먹는다는데, 진짜인지는 모르겠다. 사실, 나는 참깨와 들깨도 구별 못했었다. 우리가 반찬으로 먹는 깻잎은 들깻잎이라는 것이고, 지금 내가 털고 있는 것이 들깨라는 것도 어찌나 헷갈리던지 몇 번을 아빠에게 물어야 했다.

들깨 구별 정도는 했을 즈음에 생기는 또 다른 궁금증. 깻밭의 고소한 바람에 코가 벌렁거릴 때에도 전혀 궁금하지 않던 것이 방망이질에 깨알이 눈앞에서 쏟아지니 궁금해졌다.

"아빠, 그럼 왜 우리는 참깨를 안 심고 들깨를 심었어?"

아빠 말로는, 참깨는 키가 작고 가지가 많지 않아 풀이 잘 자라니 밭매기가 어렵다고 한다. 그에 비해 들깨는 키가 크고 가지가 우거져서 응달 그늘에 풀이 별로 없다는 것이다. 그래서 일이 적고 재배가 쉬워서 들깨를 심는 것이었다.

텃밭 농사를 지으면서 감동하는 여러 가지 중 하나는, 어떻게 우리 선조들은 그 많은 야생식물 중에 이렇게 맛있는 것을 식량으로 작물화하는 데 성공했을까? 할 수만 있다면 시간 이동을 하여 만 년 전 그 현장에 가보고 싶다는 생각을 했다.

수많은 실패와 희생 끝에 처음 성공한 그 누군가는 첫 열매에 얼마나 감탄했을까? 그게 인류 농업혁명의 시작이란 것을 그는 알지 못했을 것이다. 갈 수만 있다면 가서 그에게 말해주고 싶다.

『사피엔스』와 『총 균 쇠』에 따르면 당신의 성공이 인간의 고된 유목생활을 끝낼 수 있었고 인류가 기아에서 해방될 수 있었던 듯싶지만, 인구가 늘었고 먹여 살리기 위해 계속 더 더 일해야만 했다는 것을. 그 덕에 잉여 식량을 저장하게 되었고, 전쟁과 신분과 계급이 만들어져서 지금까지도 우리 인간은 불행하기도 하다고.

그리고 작물 따라 파종 방법이 다 다르다는 것도 너무 신기했다. 우리 밭에 심었던 것만 해도 10가지가 넘는데, 시금치는 종자를 흩어 뿌림으로, 고구마는 줄기 모종으로 심었고, 마늘은 우리가 아는 통마늘 알로 심었다. 옥수수도 옥수수알로, 땅콩도 땅콩 알로, 감자는 통감자를 조각을 내서 싹 난 곳이 위로 가게 해서 심었다. 양파와 파는 이게 풀인가 싶을 정도의 작은 모종을 심었다.

특히 알로 심는 감자나 마늘 경우, 이게 먹으면 음식이고 심으면 종자가 되는 현상도 너무 경이롭다. 죽은 것 같은 것이 어떻게 땅속에 들어가서 싹을 틔울까? 그저 음식 재료로만 보이는 것이 생명을 가지고 있다니…. 우리 영장류들이 겸손해지는 순간이다.

암튼, 그러거나 말거나…. 내가 심고 내가 떨어낸 이 깨알에서 들기름이 나온다니 대체 얼마나 고소할까. 아, 나도 깨 볶고 싶다.

쪽파 표류기

벼르고 벼르던 전신 안마를 다녀왔다. 아침에 일어날 때 찌뿌
둥함의 이유는 봄이라 텃밭 농사가 시작된 것도 있지만, 사실
주범은 쪽파였다. 작년 이즈음에 파 값이 비싸서 금파라고 불
렸다. '파테크', '홈파밍'이라는 신조어도 생겼다. 코로나 때문
에 양식이나 외식보다는 한식과 집밥이 늘었고, 그에 따른 재
료 값도 올랐다.

덩달아 쪽파도 비싸졌다. 마침 우리가 쪽파를 한 귀퉁이에 심
은 것이 있었다.

"어라, 이거 내가 한번 팔아볼까?"

생전 처음으로 지역 거래 커뮤니티에 농산물을 올려보았다. 정말로 신기하게 댓글로 주문이 바로 달렸고, 순식간에 다 팔았다. 비록 얼마 안 되었어도 손에 바로 쥐어지는 현찰을 보며 '이럴 줄 알았으면 더 심을걸.' 하는 얄팍한 생각을 했다.

그만 그 경험이 독이 되고 말았다. 농부 비기너의 어리석은 실수, 다음 한 해를 내다볼 줄 모른다는 것. 우리는 그만 엄청나게 심은 것이다. 그리하여 수요공급의 법칙에 따라 올해는 쪽파 값이 싸다. 주변에서 쪽파를 주어서 자신은 안 받아도 된다는 친구가 벌써 두어 명인 것만 봐도 쪽파가 흔하다는 것을 알 수가 있다. 한 친구 말에 의하면 로컬 푸드에 가보니 유독 쪽파만 산더미처럼 쌓여있다고도 했다.

처음에는 동네 제일 싼 마트보다 천 원 저렴하게 내놓았다. 조회 수가 몇백인데 주문 한 건이 없었다. 아이고야. 저 많은 쪽파를 어쩐다. 그래도 갈아엎을 수는 없지 않은가. 확실한 시장 조사를 하고자 오일장을 가보았더니, 내 가격이 결코 싼 것이 아니었다.

'오늘 수확하는 싱싱한 텃밭 쪽파, 많이 드립니다. 한 단도 배달해드립니다. 파전이나 돌돌이 해 드시면 좋아요.'

오일장보다도 천 원 더 내려서 다시 올렸다. 그나마 네 군데에서 10단 주문이 들어왔고, 그다음 날에는 두 군데에서 6단을 팔았다. 아직 파김치를 안 담근 지인들에게는 두어 단씩 막 안 겨주었다.

내가 5년 차 농부임에도 여전히, 아니 계속 초보라고 딱지 붙이는 이유는 나는 아빠를 거들뿐 내가 농사를 주도하지는 않기 때문이다. 그런데 이번에 아빠는 다른 농작물과는 달리 쪽파 정도면 체급상 나에게 맡겨도 된다고 판단하셨고, 그래서 내 차지가 되었다. 게다가 내가 다 팔아 내가 다 가질 거라고 큰소리까지 쳤으니 말이다.

농산물을 판매한다는 것이 이렇게 힘들 줄 몰랐다. 쪽파가 쏙쏙 쉽게 뽑히는 게 아니라 힘주어 잡아당겨야 해서, 한참 하다 보면 허리가 아프다. 흙을 털어내고 찌끄레기들도 적당히 떼어 내 주고, 저울에 무게를 잰다. 처음에는 묶는 것도 서툴러서 더뎠고 나중에는 요령이 생겼다 해도, 2킬로그램이 넘는 것을 들어서 한번 돌려 묶다 보면 팔이 아프다.

밭에서 들어 날라서 봉투에 각각 담아 차에 실어야 이제 배달이 시작된다. 배달지의 동선을 어떻게든 효율적으로 그려봐도 4~5군데면 시내를 완벽하게 돌아다니게 마련이다. 주차의 애먹음은 그렇다 쳐도 출입구를 못 찾아 5킬로그램이 넘는 것을 들고 아파트 단지를 뱅뱅 돌기도 했고, 비대면 구매인 경우 20층까지 쪽파 한 단을 들고 오르락내리락하기도 했다. 동태찌개

식당에서는 한두 단 사기 미안하다고 5단을 주문하셨는데, 정말 감사했다. 당연히 6단을 드렸다.

그렇게 몇 번에 걸쳐 40여 단 정도를 배달하면서 신기한 것이 친구들 집 앞에 놓고 오는 경우는 하나도 힘들지 않다는 것이다. 4천 원 받으려고 골목골목을 운전해가서 기다렸다 받아오는 길은 정말 기름값 생각나는 기분이기도 했다. 그러고 들어오면 파김치가 된 것은 나였다. 산을 타고 불어오는 바람을 맞아가며 노지에서 일한 게 이제야 삭신이 쑤셨고, 잠들어서는 신음소리로 잠꼬대를 했다.

너무 웃자라면 팔기도 그런데, 쪽파는 한 고랑이나 더 남았다. 멀쩡한 쪽파를 아깝게 갈아엎을 상황이 될까 걱정은 초반뿐, 이제는 정말 주문이 들어오는 것도, 그냥 나눔하는 것도 내가 힘들어서 못 할 것 같았다. 그깟 일로 엄살이냐 할 수도 있겠지만, 나는 몹쓸 허리가 고질병인데다 안 쓰던 근육들의 아우성. 지구 중심까지 딸려갈 것만 같은 중력이 몸에 덕지덕지 매달려 있는 느낌이었다.

농작물 판매는 정말 아무나 하는 게 아니란 반성과 함께 농산물에 대하여 많은 생각을 하게 되었다. 풍년도 문제, 흉년도 문제. 그에 따라 농부는 울기도 하고 웃기도 하니 말이다. 남아돌 정도로 값이 싸서 상품화하여 파는 비용이 더 드는 반면, 소비자 입장에서는 사자면 또 그것도 작은 돈이 아닌지라.

경작자와 소비자 사이의 물리적, 심정적 거리는 생각보다 멀다는 걸 알았다. 직장인 시절, 멀쩡한 농산물을 갈아엎는다는 뉴스를 볼 때는, 아까운 저걸 어떻게라도 좀 나누어주지 왜 저럴까? 싶었는데 직접 해보니 정말이지 현실은 1도 모르는 나의 납작한 생각이었다.

마사지는 몇 번 더 해야 몸이 회복될 듯싶다. 딱딱하고 뻣뻣하기가 통나무 같은 몸이 호강을 하니 좋았다. 그래! 힘들어도 힘내자. 인류가 해결 못한 수요와 공급의 불균형 문제, 더 저렴하게 해서 나라도 다시 한 번 팔아보련다.

비닐하우스에서
삼겹살 파티를

밭고랑 사이로 겨울이 내려앉았다. 일단 별 탈 없이 한 해 농사가 마무리되어서 다행이다. 이 밭에서 우리 손을 거쳐 나고 자란 감사한 농작물들이 머릿속을 스쳐 지나갔다. 고구마, 콩, 배추, 무까지. 내 친구들에게도 나누어 주고 식탁에도 올라오기까지 그간의 사계절 풍경들이 함께 떠올랐다.

그중 으뜸은 원두막 점심과 새참 시간이었다. 맛있고 힘나는 찬을 준비하는 것이 나의 사명이었다. 여름에는 얼음 띄운 콩국수에 냉커피, 가끔은 엄마가 좋아하는 반찬 많은 가정식으로, 바람 끝이 선선해지면 각종 부글부글 찌개를 끓였고, 고기반찬

은 내가 먹고 싶어서라도 꼭 마련한다. 새참으로는 단팥빵, 호
빵과 사철 과일들…. 나도 참 부지런히 해 날랐다.

양파와 마늘을 심어놓고 고구마 수확을 하고 김장배추를 뽑
고 나면 사실상 밭농사는 할 일이 없다. 못 먹을 배추들만 나뒹
굴고 땅은 꽁꽁 얼었다. 농한기 농부는 따듯한 아랫목 구들장
에서 한 해 뭉친 근육을 겨우내 잘 풀어줘야 한다. 한의원 침도
맞으며 다음 농사를 위해 몸뚱이를 어지간히 고쳐놓아야 한다.
다시 쉬지 않고 몸을 써야 할 날까지가 두세 달 남짓이라는 것
을 아니까. 한 해가 다르게 몸이 전 같지 않다는 것을 아니까.

딸 퇴직금으로 장만한 밭이니 아빠는 이만한 금싸라기가 없
다. 겨울이라고 놀리기는 아까우셨나 보다.

"고구마 다 캐면 이 자리에다 비닐하우스를 지을겨."

돈 아끼시려고 자재를 고물상에서 아름아름 싸게 모으신 데
다, 인건비 안 들이려고 우리 식구끼리 직접 지었다. 사실 거의
엄마 아빠 둘이 다 지었다. 비닐하우스 짓는 과정을 처음 보았
다. 비닐하우스가 생긴 것은 심플하니 철재 파이프를 꽂아 세
우고 비닐 씌우면 되는 거 아닌가 했는데, 모양새와는 다르게
품과 자재가 많이 든다는 걸 알았다. 몇 날 며칠 동안 작업을 했
고, 드디어 문을 달고 모든 작업이 끝났다.

아빠는 평생 땅에서 지어지는 모든 농사일은 물론이고, 가축

농장에다 공장일에도 잔뼈가 굵은 베테랑이다. 여전히 각종 장비를 잘 다루고 기운도 젊은 남자 못지않아서 아빠한테 감탄한다. 하지만 한편으로는 그런 아빠의 부지런함으로 늙은 엄마의 수고로움도 같이 늘어나는 것이라, 엄마는 나에게 이따금 아빠 흉을 본다.

"당최, 네 아부지는 가만히 있지를 않아. 내가 어떨 땐 너무 힘들고 귀찮아."

"엄마는 힘들다고 하고 좀 쉬셔. 엄마가 중요하지."

"어떻게 가만히 있니? 그래. 네 아부지 혼자 저렇게 일하는데 말이다."

아빠 시골집 화분에 있던 귤나무 6그루를 비닐하우스 가운데에 한 줄로 옮겨 심었다. 비닐만 씌워도 아늑한데 과일나무가 있으니, 마치 설국열차 온실 칸 같다. 준공식 기념으로 흰 면장갑 끼고 오색 테이프 커팅을 하고 싶었지만, 대신 삼겹살 파티를 했다. 비닐하우스 안에서 구워 먹는 삼겹살 맛은 이 세상 맛이라고 할 수가 없을 정도였다.

계획대로 이사했더라면 엄마 아빠가 사는 동네가 되었을 이 낯선 마을에 드나든 지도 한 해가 지나간다.

이 동네 밭을 계약한 날로 아빠는 시골집을 내놨었다. 시골집 판 돈으로 밭에 작은 집을 지을 것이기 때문이다. 그렇다고 아빠 집이 팔릴 때까지 땅을 무작정 놀릴 수는 없었다. 봄은 다가오고 녹기 시작하는 땅은 밭에 뭐 심을 생각에 들뜬 아빠를 들썩이게 했다. 아빠는 우선 안성에서 군산으로 고속도로를 오가면서라도 봄에 할 작업을 하기로 했던 것이었다.

원두막 짓느라 첫 삽을 뜨던 때가 생각났다. 처음 보는 이방인에게 마을 어르신이라면 누구나 가던 길을 멈추고 똑같은 말을 하던 그날 말이다.

"누구슈?"

우리는 멀리 어디서 왔고, 우리 가족은 누구 누구이며를 매번 똑같이 미래의 이웃들에게 설명하는 일도 나의 몫이었다. 지금은 일주일에 한 번씩 와서 밭일을 하고 있지만, 조만간 여기에 집 짓고 이 마을로 이사 올 거라는 말도 빼놓지 않았다. 우리 소개가 끝나면 나는 특유의 친화력과 싹싹함으로 대화를 이어갔다. 대화라고 할 것도 없다. 어르신들의 호구조사 하나만 여쭤봐도, 언제 낯설었냐는 듯이 그저 세상 기쁜 표정으로 자녀분들 이야기를 하셨다. 나의 맞장구에 경계심도 풀어졌다. 묻지 않은 마을 이야기까지 하시는 게 시골 어르신들 특징이다. 이렇게 낯을 익혀놓으면 삭막하지 않아서 나는 그게 좋다. 물론 다음번에도 "누구슈?" 하고 지난번처럼 처음 본다는 표정의 할머니도 계셨다.

어디나 그렇듯 이 마을도 두 종류의 사람들이 살고 있었다. 농사일할 수 있는 노인, 그리고 농사일할 수 없는 노인이다. 고령화도 아니고 초고령화 시대를 실감했다.

"아이고, 늙고 힘들어서 농사 못 헌다고 시골마다 땅을 내논다는데, 시상에… 팔순 너머에 농사를 한다고 그걸 또 사는 사람이 있네. 아부지한테 늙어 편하게 사시라구랴. 머더러 힘들게 농사를… 쯧쯧. 농사 지긋지긋혀."

아빠의 흰머리만 봐도 혀가 찰 노릇인데, 나이까지 알고 나면 저절로 나오는 진심된 걱정이었다. 이 마을은 공기 좋고 조용하니 살기 좋다는 모두 똑같은 말씀에 나도 공감이 되었다. 이장님과는 인사를 했지만 마을 집집마다 인사할 수는 없고, 만날 수 있는 마을분이라도 친해져야지 하는 생각에 바나나를 여유 있게 가져간 것은 잘한 것 같다.

눈이 내리고 나서 밭에 갔을 때는 고라니가 우리보다 먼저 다녀간 것을 발자국으로 알 수 있었다. 산 쪽으로만 쳐놓은 울타리를 돌고 돌아 우리 원두막까지 찾아온 것이다. 기웃거리다 먹을 게 없어서 지었을 그 표정에는 슬픔이, 돌아가는 외줄 발자국에는 설움이 묻어있는 것 같았다. 보리 싹은 이미 지난번에 얼추 뜯어먹었다. 아빠는 울타리를 더 쳐야겠다고 말했다. 고라니에 감정이입이 된 나는 못 들은 척했다. 엄마가 아빠 험담

하듯 나도 속삭이며 엄마에게만 말했다.

"엄마, 얘네도 먹구 살아야지. 굶어 죽으면 불쌍하잖아. 산짐승이라도 잘 뜯어먹었으면 됐지 뭐. 이렇게 말하면 사람들이 욕하려나?"

"저거 저렇게 싹을 뜯어 없애놔서 안 자라믄 으쩐다니. 어찌할 수 없지만."

공존과 개입이라는 자연을 대하는 인간의 태도는 얼마큼 어디까지가 아름다운 선일까? 요 며칠 강력 한파에 그 고라니가 문득 생각난다. 귤나무를 피해서 비닐하우스 안에 로터리 작업을 했다. 여기에다 다음에 시금치를 심을 것이다. 겨울 시금치가 맛있다.

밭을 갈다,
지구를 갈다

　팔순 아빠가 유일하게 스마트폰 검색하는 것은 날씨이다. 여기 밭이 있는, 내가 사는 군산 날씨 검색이다. 감자 심는 날짜 택일을 하고 있는 중이었다. 그전에 밭을 갈아엎는 로터리 작업을 해야 한다. 그다음에는 고랑을 만들어 검정 비닐을 씌우고 비 오기 전에 감자를 심어야 한다. 중간에 비가 오면 흙이 질어서 로터리 작업이나 고랑 만드는 일이 어려워진다.

　작업 당일, 아침 대략 8시 전후로 해서 어김없이 엄마한테 전화가 걸려온다. 밭에 잘 도착했다는 전화였다. 엄마 아빠의 도착을 확인하고는 나도 어서 채비를 챙겨 나가야 할 것 같지만,

늘 하듯이 마저 잠을 잤다. 지난밤 늦게 잠들기도 했고, 그거 아니더라도 아직은 아침잠이 많은 틀림없는 청춘이니까.

나는 해가 중천에 떠서야 먹거리 한 짐과 함께 밭에 도착했다. 엄마 아빠는 이미 보리밭 풀매기를 거의 끝냈다. 나의 밭농사는 부모님을 안아드리는 아침인사로 시작한다. 그러고는 고라니에게 뜯겼던 보리싹을 먼저 살폈다. 커다란 바람개비 서너 개를 만들어 꽂아놓았더니, 확실히 보리풀이 덜 뜯겼다. 보리는 엿기름을 만들어 식혜를 해 먹을 것이다. 보리싹은 살아났지만, 고라니는 끼니 한 군데를 잃었으니 굶으며 어딘가를 떠도는 것은 아닌지 미안하기도 하다.

원두막이며 비닐하우스며 군데군데 뿌려놓은 쥐약에 혹시 밤새 운명한 쥐의 사체가 있나 둘러보았으나 다행히 없었다. 한 해 공들인 메주콩을 무지하게 먹어 치운 작은 녀석이 있었더랬다. 농사라는 게 식물을 다루는 일인데 꼭 그렇지만도 않다. 고라니도 쥐도 생각할 일이다. 생명을 기르면서도 생명을 내치기도 하는 아이러니가 있다.

비닐하우스에서 자라고 있는 시금치 싹과 쪽파도 확인했다. 무탈하게 잘 자라고 있어서 마음이 좋다. 펼쳐진 어린 배추 싹들의 녹색은 자체로 배경음악이다. 싹들이 스스로 연주하는 전원교향곡이 들리는 것만 같았다.

본격적인 아빠의 로터리 작업이 시작되었다. 하지 감자를 심을 자리이다. 엄마와 내가 배추 뽑은 고랑 검정 비닐을 걷어내는 일을 끝내고도 흙들이 뒤집히는 소리가 한창이었다. 아빠는 지금 지구를 갈아엎고 있는 것이다. 감개무량했다. 우리가 지구 한 조각 등기 낼 수 있었던 것은 엄마 아빠가 안 입고 안 먹고 아낀 노령 연금과 내 영혼을 갈아 넣은 퇴직금이 있었기 때문이다.

나는 늦도록 천진난만했다. 산 아래 마을 꼬마가 제때 세상 물정 알기는 쉽지 않았다. 그러다 느닷없이 맞닥뜨리는 세상 물정 중에 내가 제일 신기했던 것 중에 으뜸은 바로 땅에 주인이 있고, 그것을 돈 주고 사고판다는 사실이었다. 아, 지구가 따로 주인이 있는 거구나. 지구는 누구 것인가? 지구는 도대체 언제부터 누구의 것이기 시작했을까? 누구는 어떻게 알고 사기만 하면 땅이 대박이 나서 부자가 더 부자가 되는지 그것이 더 믿기 어려웠다.

'생산의 3요소는 토지, 노동, 자본'

우리에게는 기억하는 교과서 한 문장이 있다. 암기식 교육의 믿지 못할 굉장한 효과인 것이 30여 년이 지난 지금도 바로 답변이 나온다. 그런데 지금 가만히 보면 의문이 든다. '노동, 자본'과는 다르게 토지는 공기처럼 애초에 있는 것이다. 그 소유

권만으로 생산의 대가를 엄청나게 가져가는 것이 정당한가? 전기, 수도, 도로, 국방, 치안 이런 것들을 공공재라고 하는데, 이것보다 더 초 공공재가 있다면 인간이 창조하지 않은 공기라던가 땅이어야 하지 않을까.

그렇다. 자본주의도 모르는 소리라고 돌 맞지 싶다. 자본주의라는 말을 단 한 번도 쓰지 않은 자본주의의 아버지인 아담 스미스, 그의 『국부론』의 본질은 국가와 국민이 함께 잘살자는 것이다. 경제학의 창시자이기도 한 그의 책은 시종일관 인간에 대한 깊은 애정으로 점철돼있다고 한다. 함께 잘 살 수 있는 제도로서의 정당한 자본주의가 훌륭한 것이지, 없는 사람 것을 더 뺏어 가도 "자본주의는 원래 그런 거여."라는 우리 아빠 말에 진실로 모두가 동의하는 것인가?

누가 봐도 엄청 먹고 살 만한데, 그런데도 더 가지려고 한다는 게 어떤 면구스러움 같은 게 있어야 하지 않을까? '이렇게 많이 가져도 되나? 없이 사는 불쌍한 사람들이 얼마나 많은데.'라고 생각해볼 수는 없을까. 무식하니 도덕에 호소할 수밖에 없는 내가 어이없긴 하다. 그렇지만 제도나 욕망만큼 도덕과 만족도 정말 중요한 가치라고 생각한다. 어쩌면 더 편한 이론이 있긴 하다. 인간은 사이좋게 나누어 가질 리가 없게 진화했다는 이론 말이다. 그게 생존에 유리했다는, 차라리 진화심리학의 영역으로 접근해버리는 것이 마음은 더 편할 것도 같다. 나보다 세상 물정 더 잘 아는 친구와의 대화에서도 딱히 논리 따위는 없다.

"모든 지구인이 지구의 주인인데, N분의 일은 아니더라도 그 유사한 방법이라도 있지 않을까? 나눠 가져야 맞지. 왜 몇 명이 지구를 다 가지도록 내버려 둬야 하는 거야?"

"또 그 지구 타령이냐? 그걸 어떻게 나눠 가지냐? 너 이쯤 되면 그거 망상이야."

그런데 여기, 이 사람을 보라. 바로 박홍규 영남대 명예교수이다. 은퇴 후 부인과 함께 시골 경북 경산에 내려가 텃밭 농사를 하며 여생으로 자유, 자치, 자연, 3자 주의를 실천, 평화 사상 연구를 하는 분으로 지역에서 활동하고 있는 손꼽는 현대 지식인 중 한 분이다. 『오리엔탈리즘』의 에드워드 사이드를 국내에 처음 소개한 걸로 유명하다.

그의 인터뷰 기사를 우연히 보고 나는 끓는 주전자 뚜껑처럼 가슴이 들썩거렸다. 우리 국토에서 경작 가능한 땅을 7천만 인구로 나눴을 때 한 사람에게 300평씩 돌아가는 것으로 계산되어, 자신과 부인 몫을 합한 600평의 땅만큼만 샀다는 이야기였다.

"그것 봐. 이런 생각하는 사람 있다니까. 한반도 인구로 나눴다잖아. 내 생각이 망상이 아니었어."

나도 모르게 혼자 외쳤다. 초강력한 부동산 정책이 시행되든, 지구인이 모두 동시에 도덕적으로 변하든, 어떻게 해서든지 토지로는 더 이상 큰돈 버는 게 아니어야 한다는 것, 이것을 하자는 것이다.

산 아래 꼬마는 이제 세상 물정을 아는 어른이 되었다. 부동산은 정보와 재력을 가진 기득권들의 독무대가 될 수밖에 없다는 것 정도는 알아버렸다. 슬픈 일이다. 부동산값이 자고 일어나면 뛰었다며 영끌하지 않은 자신이 벼락 거지가 되었다는 뉴스들이 심심찮다. 그것은 정상이 아니라고, 야만이라고 해설해주는 언론도 찾기 어렵다.

생각이 많은 사이 아빠는 지구 갈아엎는 작업을 마쳤다. 아빠도 애썼고 지구도 고생이다.

퇴사하고 내 밭으로
출근하면 좋은 점

한 해 농사를 무사히 마쳤다. 회사 말고 내 밭으로 출근하면 좋은 점이 많다. 그중에 좋은 것 하나는 바로 아침마다 화장을 안 해도 되는 것이다. 더불어 머리도 안 감아도 된다. 대략 며칠을 안 감아봤는지 기록을 따져본 적이 있는데…. 그 실상을 알면 독자로 하여금 구토를 유발할 염려가 있어서 안 밝히는 게 좋을 것 같다.

처음 하루 이틀이 가렵지, 그러고서는 문제 될 게 없다. 너무 편하다. 샴푸도 아끼고 아주 좋다. 머리만 안 감아도 외출에 걸리는 시간은 4분 23초면 충분하다. 그래서 내 외출 패션의 화룡

정점은 모자이며, 떡 진 머리를 감싸 안아주는 두건은 의복이라 아니할 수 없다. 맨얼굴, 떡 진 머리, 그리고 모자. 성스러운 진격의 삼위일체가 완성되었다.

그러나 화장하고는 달리 선크림은 꼭 발라야 한다는 것을 안지는 얼마 안 되었다. 그것도 잘 까먹어서 맨얼굴로 밭에 다녀오기 일쑤이다. 그렇게 맨얼굴로 텃밭 농사를 2~3년 하다 보니 어느 날, 세수를 하고 거울을 보는데, 왼쪽 눈 밑에 거뭇거뭇한 게 있다. 드디어 맨얼굴과 비위생의 콜라보가 탄생한 것인가.

'이게 말로만 듣던 기미구나.'

기미가 뭔지 모를 때가 있었다. 주근깨는 말에서처럼 깨라는 형상이 그려지니까 뭔지를 저절로 알 수가 있는데, 대체 이 기미란 무엇이란 말인가. 상황이 어떻게 되어가는 것을 느낌으로 알아차릴 때 쓰는 '어떤 기미가 보인다.' 할 때 그 기미가 혹이 기미일까?

'기미 주근깨'라는 말은 왜 꼭 '영정조'처럼 한 세트로 불릴까도 궁금했다. 정조의 개혁 군주 이미지가 워낙 좋은 평을 얻다 보니 영조를 정조의 업적에 은근히 업어 태우려는, 노론 후손들의 음모가 반영된 거라는… 그래서 '영정조 시대'라는 프레임을 어쩌고 저쩌고… 어디서 읽은 기억이 있는 것도 같고…. 그럼 기미 주근깨는 왜지?

어느 날, 일찌감치 기미로 고민하던 친구가 있었고, 그래서 아무 생각 없이 물어보았었다.

"기미가 뭐야?"

"있어 그런 거. 엄청 스트레스야."

"기미가 뭐지? 기미상궁?"

"야. 너는 기미 없다고 나 놀리는 거지?"

퇴사하고 밭농사하면 좋은 점 중에 또 하나는 옷이 많이 필요 없다는 것이다.

회사 다닐 때, 월화수목금금금을 같은 옷만 입고 출근하는 남직원이 있었다. 똥**이 찢어지게 가난할 걸까? 아니면 검소한 걸까? 어쩌면 같은 옷이 7벌인 패션 변태였을지도 모를 일이다. 반면에, 가방은 루***똥이고 하루도 같은 옷을 입고 출근하는 법이 없는 여직원도 있었다. 모든 직원이 그 여직원의 옷이 몇 벌일까를 궁금해했고, 아직까지도 풀리지 않는 미스테리로 남아 있다.

퇴사하면 옷 살 일이 없을 줄 알았는데 아니었다. 나의 기존 출퇴근복으로는 백수복으로 쓸만한 게 별로 없다는 걸 깨닫는 데는 삼일이면 충분했다. 그래서 퇴사한 첫해에 엄청 사들인 것은 계절별 '잠바'였다.

막 입기 좋다는 잠바, 막 사는 백수복으로도 딱이다. 텃밭에서는 말할 것도 없고 잠옷, 평상복, 외출복이 동시에 가능하다는 특장점이 있다. 풍성한 허리와 잘록한 가슴, 기골이 장대한 나의 저주받은 체형을 커버해주는 감사한 기능도 갖춘 것이 잠바이다.

여름엔 여름 잠바와 레깅스, 겨울엔 겨울 잠바와 솜이 든 절바지, 이것은 잠바와 기똥차게 어울리는 패션이며 나만의 꿀팁이로다. 잠바에 모자가 달렸다면 아마 대여섯 살은 어려 보일 수도 있으니 주의하기 바란다. 어쨌든 옷장에 풍성한 잠바들을 보고 있자니, 이제는 진짜 옷 살 일이 없어서 참 좋다.

얼마 전, 고구마를 캐느라 무리했는지 허리디스크가 재발한 듯 아팠다. 침을 맞고 뒤뚱거리며 나오는데, 주차장까지 가려면 시장 거리를 걸어야만 했다. 그때 눈에 들어온 잠바 하나, 튀지 않는 고~상한 쥐색이 탐났다.

일단 지나쳤다. 이제 차까지는 다섯 발자국 정도 남았나? 고지를 눈앞에 두고는 결국 발걸음을 돌렸다. '딱 이만 원. 이만 원이면 사겠어.' 그럴 줄 알고 있었다는 듯이 사장님은 어느새 나와서 나를 보며 반갑게 서 있었다. 마치 한 마리 가젤을 바라보는 아마존 초원 치타의 눈이었다. 눈이 마주친 순간, 다시 돌아설 수는 없는…. 올가미에 착 걸린 느낌이랄까? 승패가 이미 갈린 듯한 이 예감을 떨쳐내지도 못하고 불로 뛰어드는 나는 불나방이었다.

"어서 오세용~"

"음… 얼마에요?"

"3만 원이에용~"

"아… 좀 비싸서…."

"5천 원 깎아주께용~. 아침이니까."

지는 싸움에 쨉이라도 날려보았지만, 내 손엔 어느새 검은 봉다리가 들려있었다. 사장님들은 비싸다고 할 손님을 귀신같이 알아보고 손님이 예상할 금액에다 살짝 얹어서 부르는데 도가 트신 분들 같다. 배고플 때는 장 보는 게 아니듯이 몸도 성치 않을 때 쇼핑이라니…. 하룻밤 자고 아침에 그 잠바를 보는 순간 드는 생각.

'으으으, 저 칙칙한 쥐색. 저걸 나는 왜 샀을까?'

다음 밭에 갈 때 가져갔다.

"엄마, 엄마 줄려고 작업복 하나 샀어. 이쁘지?"

바람개비 허수아비와
겨울을 살아낸 것들

 올해 밭농사 첫 출근. 배추와 양배추를 수확한 때가 작년 11월 말이니 밭에 마지막으로 다녀가고 두어 달만이다. 가을 농사 마치고 다음 농사 시작 전까지는 엄마랑 제주도라도 한번 다녀오자 하고도 이래저래 시간이 가버리고 이렇게 농사철이 왔다. 엄마한테 미안하고 나도 아쉽다.

 두어 달 동안 내버려 둔 밭은 나름대로 괜찮은 풍경이라는 생각이 들었다. 김장배추 뽑으면서 다듬어 버려 놓은 배춧잎은 그대로 말라 널브러져 있고 고추 밭고랑의 비닐은 찢긴 채 바람에 펄럭거리고 있었다. 인상주의 화가의 습작 같은 느낌이랄까.

이 메마르고 언 갈색의 대지에서 저 혼자 밭을 지키는 바람개비 허수아비는 무심히 돌고 있었다. 아빠가 버려진 선풍기 날개로 만든 것인데, 제 몫을 다 하고도 남는다. 제법 그 돌아가는 모양새와 나름 덜그럭 굉굉굉 소리가 새들에게는 두려움을 주나 보다.

살아있는 것도 있다. 감나무 이파리가 움트기엔 아직 날씨가 이르지만, 분명 봄의 맥박을 품고 있는 게 분명하다. 아주 옹골지게 삐쭉하니 성깔 있는 가시를 뻗은 대추나무도 살아있다. 대추나무는 과실수 중에 열매가 가장 늦게 달린다고 한다.

그래서 대추나무를 심부름 나무라고 한다고 지난 봄날 오일장에서 대추나무를 살 때 아빠에게서 들었다. 늦게 온다고 심부름 나무라니 옛 분들의 해학이 너무 재미있다. 작년에는 땅에 뿌리를 자리 잡느라 열매에 신경을 못 썼을 게다. 올해는 감과 대추가 달릴 생각을 하면, 감추어놓은 술 생각하는 것마냥 흐뭇하다.

밭 한쪽에 두 고랑의 마늘도 살아있다. 겨우 내내 주인이 돌보지도 않는데 저 혼자서 군산의 바닷바람을 다 이기고 눈을 맞으며 단단해졌다. 그러고 보니 선풍기 날개 허수아비와 감나무, 대추나무 군단이 양쪽에서 진을 치고 죽은 것들과 살아남은 것들을 모두 지켜준 것 같다.

시금치가 생각보다 크지 않은 까닭은 비닐하우스가 여러 날을 바람에 펄럭이다가, 귀퉁이 한쪽의 비닐이 젖혀지면서 그만 구멍이 크게 났기 때문이었다. 그동안 코끼리만 한 찬바람이 숭숭 들어갔으니, 시금치가 쑥쑥 자랄 리가 없지. 아직 애송이라 다음 주 정도면 샐러드 해 먹기 딱 좋은 크기일 게다.

다 둘러보았으니 이제 일을 해야 한다. 오늘은 마늘밭에 비료를 주러 왔다. 떨어진 비료를 녹이려면 물도 뿌려주어야 한다. 비료가 녹아서 흙으로 들어가야 그 양분을 마늘 뿌리가 먹는 것이다. 또한 마늘 줄기 속으로 쏙 들어간 비료 알갱이가 녹지 않는다면, 마늘 순은 비료가 독해서 병들거나 썩는다고 한다.

그래서 비가 오는 날 우산 쓰고 비료를 뿌리거나 아니면 비 오기 바로 전에 뿌리는 것도 좋다. 농부가 일기예보를 매일 확인하는 이유다. 우리는 장거리 농부라 비 오는 날을 기다리기보다 번거로워도 물을 뿌려주기로 했다.

원두막 판넬 지붕의 눈이 겨우내 쌓이고 녹고 흘러서 물통은 물로 가득했다. 단열을 해서 다행히 속까지 몽땅 얼진 않았다. 물통 속 위 얼음을 막대기로 깨서 호수를 집어넣고 모터를 돌려보았다. 우리 펌프는 수동인 데다 오래 작동하지 않던 거라, 한 번에 시동이 안 걸려서 아빠가 아주 애를 먹었다.

열댓 번 만인가 드디어 시동이 걸렸고, 우렁찬 부릉부릉 소리와 함께 연기를 내뿜으며 펌프가 긴 동안거에서 깨어났다. 빠트리는 것 없이 마늘 한 줄기 한 줄기에 물을 주는 아빠한테서 농부의 정성이 보였다. 그러는 사이 엄마와 나는 고추밭의 폐비닐을 거두었다. 아빠 시골집에 가져가서 장작보일러 불쏘시개로 쓸 거다.

잡초 제거를 위해 검정 비닐은 농가에서 필수다. 제초제를 쓸 수는 없으니까. 수거하지 않는 농가의 폐비닐이 환경오염 문제를 일으킨다는 뉴스를 본 기억이 있다. 그래서 걷어내지 않아도 땅에서 자연 분해되는 비닐 제품이 개발되었다고 하는데, 어서 빨리 저렴하게 대중화되면 좋겠다. 친환경제품은 어떤 분야에 상관없이 정말 시급하다는 생각을 했다.

점심 식사는 내 담당이다. 엄마 아빠는 늘 대충 먹자고 한다. 매일도 아니고 일주일에 하루, 점심 한 끼만큼은 잘 차려드리고 싶기도 하고, 또 나한테는 엄마 아빠와의 외식이니 어쩌면 나는 밭일 중에 가장 기다리는 시간이고 꽤 공들이는 편이다.

떡만둣국을 끓였다. 그래도 새해이고 첫 시작일인데 고기가 빠질 수 없지. 목살도 한 덩이 구웠다. 마지막 밥 한 술 뜨기 무섭게 바로 일하러 가시는 아빠는 참으로 못 말린다. 아랑곳하지 않고 엄마와 나는 이런저런 밀린 이야기를 하며 천천히 마저 밥을 다 먹고는 '양촌리 커피'까지 느긋하게 마셨다. 이게 바로 비닐하우스 전원 카페~!

우리는 마지막으로 비닐하우스 보수작업을 하고, 오늘도 고생했다며 서로 토닥이며 기념사진을 찍고 헤어졌다. 다음에는 봄 감자를 심기 위해 로터리 작업을 할 거다. 엄청난 수확을 바라지도 않는다. 그저 올 한 해 무사히 아무 변고 없이 재미나게 먹고 일하고, 늙어가는 엄마 아빠를 볼 수 있으면 그저 바랄 게 없겠다.

2장

엄마, 아빠,
그리고 반백 살의 딸

빨간책의 추억

나에게는 빨간책에 대한 추억이 두 가지 있다. 중학교 때 유행한 손바닥 크기의 하이틴 로맨스 소설책이 그 하나이다. 수업시간, 무색무취의 지루한 교과서 따위에 깔리느라 빛을 못본 비운의 그 책 말이다. 야해서 '빨간책'으로 불렸고, 그야말로 선풍적인 인기였다. 로맨스라는 장르에다 다채로운 성적 묘사는 가히 여학생들의 감수성을 자극하기에 그 자격이 차고도 넘쳤다.

남자 주인공의 짜릿한 러브스토리는 교실 뒷자리에서 연일화제였다. 명랑한 두어 명이 소설 속 어떤 상황을 재연하면 주변 학생들은 꺄~ 하는 비명을 질러대 교실의 엄중한 공기를 깨부수곤 했다. 까르르 웃는 여학생들은 이보다 더 좋을 순 없다는 표정들이었고, 볼은 늘 복숭아의 그 분홍색이었다. 예뻤다. 선생님에게 뺏기는 단골 아이템이었기 때문에, 돌려보는 순서에 사활을 건 듯했다.

이쯤 되면 나의 이야기 같겠지만, 슬프게도 그 돌려보기 순서에 나는 없었다. 교과서만 읽는 교실 앞자리의 답답한 범생이 중 한 명이 나였던 것이다. 뒤에서는 무엇을 이야기하길래 어째서 저렇게 즐거운 걸까? 나는 왜 그것이 전혀 안 궁금할까? 욕망을 누르며 범생이 코스프레를 한 것인지, 진짜 어떤 일탈도 없이 어른들의 기대대로만 자라고자 한 것인지 아리송하다. 내가 진정 무엇을 원하는지 나를 잘 모르던 시절이었다. 그러면서 누가 먼저인지도 모르게 우리는 그들을 놀기만 한다며 일명 '날라리'라 불렀다. 사실 그들을 잘 알지도 못하면서 말이다.

"그런 책이나 읽으면서 인생 망치고 싶냐?"

선생님 말씀을 무슨 절대 진리인 양 따랐다. 아무튼 그 책이 선생님에게도 제일 기다려지는 압수품이었다는 걸 안 것은 아주 나중이었다. 그 책으로는 인생 망치지 않는다는 것도 이젠 알고도 남는다. 생각해보면 하이틴 로맨스 소설책은 그 시대 그 세대만의 특권이었는데, 나는 그 알싸한 추억을 누리지 못했다.

그래서일까? 반세기쯤, 세월이라 불러도 좋을 시간을 살아보니 나는 궁극적으로 날라리처럼 살고 싶어졌다.

그 날라리가 오히려 시집 잘 가서 잘 산다더라, 서울 어디서 사업가가 됐다더라는 동창들의 풍문을 들을 때면, 그 시절 나는 알지 못하는 그 빨간책이 떠오르면서 작은 웃음이 난다.

두 번째의 빨간책 추억은 중학교 입학 시절이다. 버스로 통학하는 일은 나에게 설렘보다 두려움이 컸다. 일찍 일어나기부터 버스에 늦지 않기, 만원 버스에 어떻게든 발 올려놓기 등 시골 소녀에게 고난 아닌 것이 하나도 없었다.

책가방의 수난도 함께 시작되었다. 버스 안은 콩나물시루 자체라서 책가방을 등에 멜 수가 없었다. 의자에 앉아있는 학생 무릎에 서로 책가방을 쌓았다. 앉은 학생은 책가방들이 쌓이면 뒤로 뒤로 넘겼다. 그땐 그랬다. 더구나 기센 학생들이 만만한 학생의 가방을 천덕꾸러기 취급하며 가지고 노는 듯했다. 이쯤 되면 내릴 때 가방 찾기는 뉴욕 한복판에서 잃어버린 자식 찾는 지경이 되었다.

읍내 종점에 도착하면 서로 먼저 버스에서 뛰어내리려고 몸을 날리는 육탄전이 시작되었다. 나는 가방을 찾느라 이리저리 치이고 허둥대다가 모두 내린 빈 버스에 홀로 남겨지기 일쑤였다. 처참히 널브러져 있는 가방과 함께 말이다. 이럴 때 기사님의 다정한 한마디는 동화에나 있는 법. 애처로운 학생에게 빨리 내리라는 호통뿐인 것이 현실이었다. 버스는 그렇게 잔인했다.

1교시 시작도 전에 녹초가 된 나는 더 녹초가 된 가방을 열어 본다. 내 교과서는 오늘도 빨간책이 돼버렸다. 김칫국물이 흘러나왔기 때문이다. 내 도시락 반찬은 늘 김치였다. 점심시간에 친구들의 기름 반질반질한 햄을 보고 있는 눈동자를 내 의지로는 이길 수가 없었다. 대체 저런 건 어디서 나는 걸까? 시골 농사일과 층층시하 시집살이에 고된 엄마에게 반찬 투정은 하는 게 아니란 것 정도는 나는 알고 있었다.

난 학교에서 수돗물에 교과서를 빨아야 했다. 창피했다. 차라리 여러 색깔로 물들면 좀 덜 창피했을까. 나만큼 허둥대며 김치밖에 싸줄 수 없었던, 지금의 나보다 더 젊었을 그때의 우리 엄마, 그리고 그때의 나. 생각하면 목구멍에서 뜨거운 것이 올라오면서 모두 아련하다. 눈시울이 붉어진다.

그러던 어느 날, 가방을 여는데 드디어 교과서가 다른 색깔로 물들었다. 검은색이다. 콩장이었던 것이다.

음치를 부탁해

　마을에 없는 놀이터가 교회에는 있었다. 무엇보다 맛있는 간식을 주었다. 기독교 집안이든 아니든 방과 후 어린 자녀를 교회에 맡기는 것에 대하여 서로 딱히 거부감이 없었다. 사실 우리가 기독교가 무엇인지는 알았을까. 마을의 보육 기능을 하는 것이 교회 입장에서도 차세대 신도를 위한 투자이기도 했으리라. 목사님은 따뜻하셨다. 물론 나는 간식 시간을 제일 기다렸고 기도하기, 찬송 부르기, 성경 읽기도 좋았다. 그림 그리기 시간에는 예수님과 양 떼에 크레파스를 아끼지 않았다. 그러던 어느 날, 목사님은 코흘리개 우리들을 모아놓고 상기된 얼굴로 중대 발표를 했다. 그날이 내 긴 터널의 시작일 줄이야….

"얘들아. 우리 찬송가 합창 대회에 나갈 거란다. 우리 열심히 해서 1등 하자."

목사님은 신앙심의 깊이만큼 상품을 바랐고, 시골 목사에게 는 스펙을 쌓을 수 있는 흔치 않은 기회였다. 문제는 합창단이 라는 것. 마을의 아이들을 빠짐없이 죄다 모아야 했다. 그것이 나를 단원에서 뺄 수 없는 목사님의 딜레마였다. 본격적인 노 래 수업이 시작되었고, 1등에서 멀어지는 목사님의 불안도 함 께 시작되었으리라. 열정적인 목사님이 속 타건 말건 음치에 다 눈치까지 없는 나는 천진난만했다. 친구들도 나의 나머지 공부를 개의치 않아 했다. 드디어 대회 전날. 목사님은 날 따 로 부르셨다.

"움… 내일 우리 같이 버스 타고 갈 건데… 있잖아. 무대 올라 가면 너는 노래를 부르지 마. 입만 벙긋하는 거야. 할 수 있지?"

그때 알았다, 내가 필요 없는 존재란 것을. 나는 말 잘 듣는 착 한 아이였고, 그래서 목사님의 바람대로 우리 팀은 1등을 했다. 교회 어디서도 보이는 곳에서 그 찬란한 트로피는 언제나 눈이 부시게 빛났다. 합창단 해체 후 나는 예전과는 다르게 목이 메 는 교회 간식을 먹은 것 같다. 영광과 야만의 비밀을 간직한 채.

그 사건이 낙인이 된 것일까. 나의 립싱크는 계속되었고, 국민학교 중학교 내내 음악 시간에 누구도 내 노래를 들을 수 없었다. 한 명씩 무반주로 노래하는 실기시험 날은 불주사 맞는 날보다 더 가기 싫었다. 음악 수업이 없는 고등학교가 차라리 살 만했다. 어쨌든 졸업도 했으니 노래 부를 일은 없을 줄 알았다. 대학교 때 노래방이라는 신문물이 나를 기다리고 있다는 걸 알기 전까지는. 내 차례가 다가오면 화장실 가는 척하며 그 순간을 겨우겨우 모면했다.

노래방은 1·4 후퇴 때 중공군 내려오듯이 한반도를 점령했고, 바야흐로 전 국민의 가수화 시대가 열린 것이었다. 나의 직장생활에서의 난관은 잦은 야근도 박봉도 아닌 늘 있는 회식이었다. 외로우셨나보다. 우리 부서장님은 모든 부서원을 항상 한 명의 낙오자 없이 노래방까지 끌고 다녔다. 나의 립싱크는 시즌2를 맞이하게 된 것이었다. 합창 대회 전날 나에게 '괜찮으니까 맘껏 불러.'라고 해주었으면 난 어땠을까. 내 노래와 바꾼 그 트로피는 지금 어디에 있을까.

전국에 노래방이 창궐하니 음치들도 마치 밤이 돼야 비로소 기어 나오는 바퀴벌레들처럼 하나둘씩 모여들었다. 바로 음치 클리닉이란 것이 생긴 것이었다. 구원받지 못한 형제들이여. 십자가 아닌 여기로 모일지어다. 오병이어의 기적을 보리라. 그러나 위로도 희망도 한순간. 추락하는 것은 날개가 없다고 했던

가. 첫 수업, 클리닉 선생님은 수강생 한 명씩 앞에 나와서 자기소개하고 노래 한 곡씩 하라는 게 아닌가. 이건 태국에서 빙판길에 미끄러졌다는 것만큼 말이 안 되었다. 노래를 못해서 찾아온 건데, 노래로 자기소개를 하라니. 전화 받는 척하며 나가는 나의 연기는 이제 배우 윤여정도 울고 갈 오스카상 감이라할 수 있었다. 지하 주차장에서 수강료 환불을 구걸하던 기억이 지금도 생생하다.

어떤 터널도 끝은 있는 법. 이러저러한 이유로 나는 자발적조기 은퇴를 실천했고, 이제 조직 생활은 없으며, 싫은 자리는가지 않아도 되는 일상을 살고 있다. 생각도 바뀌었다. 그게 뭐라고 그렇게 괴로워했을까. 지나고 보니 아무것도 아닌 것을.그리고 나 자신을 있는 그대로 사랑하게 되었다. 나의 노래방스트레스는 완전히 끝났다.

얼마 전부터 밥 먹다가 그냥 노래가 하고 싶어졌다. 맺힌 응어리를 풀겠다는 것도 아니고, 음치를 극복하겠다는 것은 더욱 아니다. 나도 못 듣겠는 내 노래를 즐기고 싶어졌다고나 할까. 유튜브로 피아노를 독학하고 있다. 건반음과 내 노래는 지금도 서로 다른 산맥을 넘고 있지만, 나는 흐뭇하다. 도전 자체에 뿌듯함이 있는 듯하다. 내 수준에 맞는 동요부터 근사한 연주곡까지 악보집을 만들었다. 동요계의 가요TOP10 '도깨비 나라'를 연주한 날은 소고기를 기꺼이 먹었다. 악보 마지막 장 '캐논 연주곡'을 펼칠 날을 고대해본다.

인정 욕구와
애정 결핍으로 점철된

　우리 집 남존여비 사례는 하늘의 별만큼 많다. 가부장적인 할
아버지 할머니는 고추 달고 나온 손주한테는 끔찍이도 지극정
성이었다. 그렇다고 살갑지 않은 엄마와 무뚝뚝한 아빠라도 상
대적으로 나를 더 챙겨야 하는 기계적 균형도 딱히 없었다. 입
을 것에서부터 스킨십까지 나의 대부분 기억은 사랑받는 상황
의 반대쪽이다. 엄마가 나를 낳은 날 할아버지는 계집애가 나왔
다며 술에 취해 집에 안 들어왔다는 풍문을 여러 번 들었다. 아
장아장 다가가는 나를 할아버지는 툭 밀쳤다고도 했다.
　국민학교 때 목장 호미 사건은 우리 마을에서 나름 유명했다.

바람 끝에 풀내가 나는 봄날, 나물 냉이를 캐기 위해 우린 뭉쳤다. 금광이라도 캘 기세였다. 마을 뒤 언덕 위에 큰 목장이 있었고, 올라갈수록 소똥이 거름이 되어 냉이가 실하고 많았다. 중간 소꿉장난도 마다하고 나는 포크레인처럼 호미질을 해대었다. 많이 해가서 칭찬받고 싶었다. 땅거미 어스름이 깔리고 친구들보다 한 움큼은 더 수북한 냉이와 당연히 받을 칭찬 생각에 개선장군처럼 대문을 열어젖혔다. 칭찬이 너무 고팠던 게지, 꿈이 과했다. 나를 맞이한 건 내쫓김이었다.

"호미는 얻다 버리고 온 거냐? 어여 호미 찾아오거라."

아뿔싸, 호미가 왜 없지? 대청마루에서 저녁을 먹고 있던 온 식구들 어느 누구도 할머니 호령에 토를 달지 못했다. 당연했다. 할머니로 말할 거 같으면 심기가 불편할 적이면 엄마를 내쫓겠다는 말을 서슴없이 하셨던 권력자였으니. 찌개를 뜨는 숟가락 소리들, 달큰한 반찬 냄새들을 등 뒤로 그대로 돌아서서 내달렸다. 깜깜한 목장을 얼마큼 더듬었는지는 기억나지 않는다. 더듬다 소똥도 만졌을라나. 호미는 찾았겠지? 대체 호미가 뭐라고? 뭣이 중헌디? 자신이 작은 농기구보다 못한 존재라는 서러움을 꼬맹이는 느꼈을까. 돌아왔을 땐 밥상이 다 치워진 빈 대청마루인 것까지 기억은 한다. 그날 밤 울 엄마는 나에게 늦은 밥은 먹였으려나.

나의 진로를 결정하는 할아버지와 아버지의 어느 날 밤 대화는 나에게는 알파고와 이세돌 버금가는 세기의 배틀이었다. 예상되는바, 당연히 반대하는 할아버지를 아빠가 설득해야 하는 상황인 것이었다. 봉당에 앉아 격자 문살에 귀를 바짝 대고 듣는 것밖에 내가 할 수 있는 건 없었다.

"아버님, 막내딸요. 인문계 보낼까 하는디유."

"무신 인문계여. 아니 쓸데없이 여자가 무신 대학이여?"

"아버님, 막내는 공부하고 싶어해유."

"글쎄, 여자는 공부 필요 없능겨. 여자란 말이다잉 이쁘기만 하면 되능겨."

"그러니까요, 아버님. 그래서 제 말이 막내는 공부시켜야 돼요."

"......"

아군의 판정승이다. 이것은 때는 바야흐로, 이천하고도 오백 년 전쯤 '상대로 하여금 모순을 깨닫게 하고 무지를 자각하게 하여 진리를 얻어낸다.'는 그 소크라테스 대화법의 정수가 아닌가? 아빠의 산파술은 전략이었을까. 진심이었을까? 난 기꺼이 확인할 생각이 없다. 그런데 나는 왜 이 절박한 문지방 장면을 비애가 아닌 낭만으로 추억하는 것일까? 눈감으면 그림동화 책 표지가 그려진다. 이 윤색의 힘은 아마 모든 옛날이야기에는 낭만이 있어서이겠지.

그게 마지막이었다. 할아버지가 결정한 내 인생 말이다. 그후론 내 진로는 내가 선택하며 살았다. 오롯이 서 있는 독립적인 주체로 아주 열심히 살아왔다. 하지만 상황이 호락하질 않다. 호적에 잉크 마르고부터 제일 많이 들은 말이 '어디 여자가'라서일까 차별에 물들어 무엇을 봐도 차별의 의미로 여기는 것일까. 차별 자극에 반응하는 역치가 남들보다 낮아졌다. 맞닥뜨리는 각종 성차별 발언에 부지런히 딴지를 걸어야 했다. 인간관계에 그다지 플러스 요인이 아니라는 타협의 교훈도 얻어야 했다. 부작용도 있다. 남보다 열심히 직장생활하는 나 자신을 일을 사랑하는 요즘 보기 드문 커리어우먼인 양 스스로 프라이드로 착각해왔다.

내 병명이 인정 욕구와 애정 결핍이란 것이 진실이었다. 뭐든 잘하려고 하는 것도 나를 위한 것인지 남의 평가와 칭찬을 위한 것인지도 잘 모르면서 말이다. 나 자신이 싫어지는 것이다. 나는 왜 나일까를 생각하고 생각하고 생각하느라 사춘기가 길어졌다. 내 감각과 사유의 뿌리가 닿는 그 먼 곳은 늘 그때 그 시절이다.

완벽한 인간이 어딨으랴? 어리둥절한 채 서로에게 상처를 입히고, 모두 실수하며 허둥대고 잘 살려고 발버둥 치다가 결국

은 소설의 마지막 페이지 넘기듯이 그렇게 죽어 사라지는 존재
가 인간인 것이라 했다. 인간을 아주 잘 위로하는 말이로다. 그
때 못 누린 내 몫의 보상 대신 내가 인간을 위로해주는 것으로
나를 위로 삼으련다.

아빠의 롤러코스터

사진은 순간을 함께하는 동반자이다. 나는 사진 찍는 것을 좋아한다. 정리벽 덕분에 인물별로 지역별로 연도별로 아이템별로 클라우드에 폴더 정리를 잘해놓았다. 언제든 바로 찾기가 용이하고 시리즈별로 탐색하기 좋다. 내 사진이 아니어도 내가 찍은 사랑하는 지인들의 사진도 간직한다. 그때그때 사진을 클라우드에 업로드하면서도 지난 사진 보는 것을 좋아해서 어떤 때는 영화 한 편 정도의 시간이 후딱 지나갈 때도 있다.

가족사진 폴더가 1번이다. 퇴사 후 엄마 아빠와 농사를 하면서부터는 영농 사진이 가족여행 폴더를 이어간다. 본래 동기는 결핍에서 나온다고, 퇴사하고부터는 떠나고자 하는 욕구가 없다. 이제 우리는 공항 대신 푸른 하늘 아래 우리 텃밭으로 간다. 말하지 않아도 그게 여행인 것을 우리는 서로 안다. 텃밭이 그 비행기 날던 하늘을 가지고 있다. 거기서 나누는 이야기가 죄다 여행인 것이다. 파란 이파리, 파란 벌레, 여러 때깔의 열매는 여행 볼거리로 부족함이 없다. 원두막에서 먹는 밥이 현지식인 것이다. 마침 우리 밭 저만치에 기차가 지나간다.

오늘 양파모 심은 사진을 업로드하며 여느 때처럼 왼손은 턱을 괴고, 오른손으로는 마우스 휠을 굴리며 지난 폴더들을 훑는다. 여기저기 팔도를 두루두루 잘도 다녔다. 산으로 바다로 섬으로 유원지로. 식물원에 동물원에. 입을 헤 벌리고 보았다. 아, 할 수만 있다면 엄마 아빠의 시간을 잡고 싶다는 상념에 젖은 것도 잠시. 10년 전의 한 폴더 사진을 보고는 내 얼굴이 굳어버렸다. 놀이동산의 분수대에 앉아 찍은 엄마 아빠 사진이었다.

맛있는 것 먹을 때 생각나는 사람 있듯이 나 역시 어디를 가면 "아, 여기 너무 좋다. 엄마 아빠랑 다시 와야지."라는 말이 자동으로 나온다. 데이트할 때 아빠가 논으로 밭으로만 데리고 다녔다는 엄마의 푸념을 기준으로 그것과 가장 먼 곳이 내가 찾아야 할 곳이라는 미션이 늘 있었다. 그리하여 어느날 다음 여행지는 놀이동산이었다.

놀이기구 탈 생각으로 날 잡을 때부터 설레었다. 물론 첫 순서는 롤러코스터로 정했다. 군대에서 총 쏜 경험 자랑하듯이 이게 얼마나 기가 막힌지를, 올라갈 때 떨어질 때의 그 고갯짓을 일어나서까지 과하게 재연해 보여드렸다. 내 몸개그가 웃겨 죽겠다면서 내심 설레신 것은 엄마 아빠도 결코 나보다 덜하진 않았다. 그때까지만 해도 몰랐다. 다음날 무슨 일이 우리에게 닥칠지.

그 긴 대기줄 기꺼이 다 기다리고 드디어 우리 차례. 하지만 우리를 맞이한 것은 진행 요원의 제제였다. 노인 탑승 불가였다. 요원은 안내 표지판을 보시란 말만 반복하는 게 마치 말을 안 배운 사람 같다. 신분증을 꺼내 확인했는지 아빠의 흰머리로 판단했는지 정확히 기억나지는 않았다. 그 둘 다였을지도 모르겠다. 내가 지금 기억 못 하는 그 절차가 뭐든 간에 분명한 건 우린 탑승 거부당했다는 것이다. 부탁하거나 따지려는 나보다 아빠의 포기가 반 박자 빨랐다. "괜찮으니까 너는 타고와."라는 아빠의 말보다 뒷사람들 눈치에 얼떨결에 밀리듯 혼자 타게 되었다.

롤러코스터가 이렇게 심심할 수가. 그럼에도 전적으로다가 엄청 신났었다는 표정을 해야겠지. 내 표정만큼이나 엄마 아빠도 방금 같이 타고 온 마냥 기뻐해 주었다. "표지판이 대체 어됐다는 거야? 이따위로 일을 하다니? 매표에서부터 고지를 해 줘야지 맞는 거 아냐?"라는 투덜거림을 나는 일부러 크게 했다.

"저게 위험한 거니께 으찌할 수 없는겨. 우리는 괜찮다."

그래 맞아, 안전한 바이킹으로 가자. 다시 시작하는 기분으로 줄을 섰다. 여기는 다행히 줄 끝에서 확인 가능한 곳에 표지판이 있었다. '노인 제한'이라 쓰여 있다. 그래서 줄을 서? 말아? 엄마 아빠에게 줄을 서시라 하고 나는 줄 맨 앞으로 가서 진행 요원에게 나이를 확인하기로 했다. 또 헛수고를 할 수는 없으니까. 줄 서기와 나이 확인하기를 분담한 보람도 없이 우리는 또 못 탔다. 아니, 무서운 척 소리만 꺅꺅 지르며 앞뒤 유모차 흔들 듯하는 이것이 뭐가 위험하다고? 진짜 환장하겠다. 해가 서서히 중천에 이르니 우리 중에 남자라서 짐꾼을 하는 아빠 이마에 슬슬 땀이 맺히기 시작하였다.

이번엔 진짜 된다고 큰소리치는 나를 따라 다음 코스로 이동했다. 물 위를 둥둥 흘러가는 보트였다. 이건 산전수전 6·25전다 겪은 우리 아빠한테는 식은 죽 먹기지. 더구나 표지판이 없는 걸 보니 됐다 싶었다. 줄이 다 없어져 가는데 웬걸 표지판이 탑승구 바로 앞에 있을 게 뭐람. 식은 죽은 없었다. 역시 나이 제한에 걸렸다. 난 부탁도 따지는 것도 하지 않았다. "내가 책임질 테니 타겠다."는 협박조가 나와 버렸다. 당연히 협박받았다 여길 리가 있나. 내 손을 꼭 잡은 엄마는 나를 잡아당겼고, 돌아서는 아빠의 땀이 주름살을 타고 뒷목으로 흘러내리는 것이 보였다.

엄마 아빠는 지금 나랑 등산을 가도 그 경사길을 한 번을 쉬지 않고 앞에서 올라간다. 거칠고 커다란 농기계를 프라이팬 다루듯이 하신다. 고구마 한 자루를 어깨에 들러 업는 건 일도 아니다. 텃밭에 원두막도 뚝딱 지으시고, 마을에 소가 출산할 때는 모두 우리 아빠를 찾는다. 그런데 여기선 다 소용없다.

그러고 보니 둘러보아도 노인은 올 엄마 아빠뿐이다. 「노인을 위한 나라는 없다」는 영화 제목이 떠올랐고, 뒤에 욕 한마디가 저절로 붙었다. 노인 천만 시대를 앞두었다면서 그 많은 노인들은 다 어디 있는 건가? 갑자기 창피한 게 아닌가. 다 우리를 쳐다보는 것만 같았다. 사위나 손녀라도 있어야 좀 그림이 그럴듯할 텐데 하는 시선이었다. 과년한 딸과 머리 하얀 노인이 놀이동산이라니. 정상 가족의 범주에 우리는 자격 미달이다.

난 포기하지 않았지만, 엄마 아빠는 분수대에 앉았다. 어떤 것도 탈 생각을 안 하기로 한 얼굴이다. 체제에 순응하는 자의 미소마저 보였다. 바로 지금 내가 보고 있는 사진인 것이다. 정말이지 여기를 폭파해버리고 싶었다. 이제 보니 안내판 위치도 다 제각각이고 놀이기구마다 제한 나이도 제각각 다르다.

당최 기준을 모르겠다. 혹시 지금은? 하는 의문에 검색을 해 보았다. 역시 지금도 자세한 설명이 없다. 성의 없는 요원들이 무슨 죄겠는가. 준비가 철저하지 못한 내 탓이지. 너무 서러웠고 죄송했다.

　우리는 아이들과 섞여 뱅뱅 도는 기차 같은 것을 탔다. 한 손으로는 기차 기둥을 잡고 나머지 한 손으로는 지난밤에 준비한 간식 아이스박스를 꼭 붙들고 계신 아빠 사진에 그만 눈물이 왈칵 흘렀다.

　"아이고. 우리 아빠 이때 이렇게 젊고 멋지고 잘생기셨네."

　혼잣말을 했지만, 목이 메어 말소리는 없었다. 사진이 이렇게 두 장밖에 없는 여행인데 돌아오는 길은 참으로 고단했다.

　"으이그, 동물원이나 가지……."

　내 맘 잘 아는 친구의 핀잔을 들은 기억도 났다.

101

2장 | 엄마, 아빠, 그리고 반백 살의 딸

엄마와 딸은
서로가 친정이다

아빠는 7남매다. 그들은 할아버지로부터 물려받은 재산이 없다 보니 필연적으로 우애가 남다르게 좋다. 동네에서도 유명하다. 닭은 한 마리를 잡는 법이 없고, 형제 누구 하나 가세가 기울기라도 하면 없는 살림에 십시일반 모았다. 강아지 한 마리 그냥 주듯이 황소 한 마리가 외양간 문지방을 넘어 작은 집으로 가는 것도 보았다.

큰아버지, 작은아버지, 우리 가족은 시골 한 마을에 살았고, 고모들은 어쩌다 모두 서울에서 자리를 잡게 되었다. 그들은 배우자 생일까지 해서 일 년에 열네 번을 모였다. 자녀까지 한 가

구당 서너 명만 따져도 모이면 20명이 넘었고, 그 자녀가 자녀를 낳고 데려오다 보니 40명이 넘은 적도 있었다. 금요일부터 서울서 내려오기 시작해 주말까지 머무르니까, 우리 집은 2박 3일이 계속 생일상이고 손님상이고 잔칫상이었다. 그것을 엄마와 나 둘이서 해내야 했다.

"먹다 죽은 귀신 때깔도 좋다."

이게 우리 집 가훈일지도 모르겠다. 아빠에게는 그날이 온갖 정성의 결정체였다. 형님, 동생들 잘 먹이는 것에 어느 하나 아끼지 않았다. 그야말로 곳간 대방출인 것이다. 닭이며 개, 돼지를 그동안 잘 먹인 것은 그 생일상을 위해서라고 해도 틀리지 않을 것이다. 잔칫상은 공백을 허락하지 않는다. 여섯 끼니 중에 한 번은 일단 미역국이다. 나머지는 닭볶음탕, 해물탕, 삼겹살구이, 삼계탕, 보신탕, 수육, 갈비 등으로 메인을 정했다. 그 푸짐한 메인 주변을 더 푸짐하게 채워야 했다. 메인과 어울리든 안 어울리든 말이다. 실제로 상을 펴서 반찬 접시들을 놓아보며 시뮬레이션까지 해본다.

모든 걸 새 반찬으로 해야 했다. 엄마 아빠가 집에서 먹던 집밥 음식은 미안하지만 냉장고 구석으로 가택연금이다. 외식이나 파는 음식으로 식사 대접하는 것은 아빠의 음식 철학이 아니었다. 잠자던 그릇들이며 마당 장작불까지 모든 조리도구가 총동원되었다. 솥뚜껑 엎어놓은 지짐이만 없지, 우리 집은 마치 이조 참판 댁 잔칫날을 방불케 했다. 어린애들은 뛰어다니고, 거실 한복판에서는 화투판이 벌어지고, 그 옆에 고모부의 술상이 빠질쏘냐. 밥상을 물리고 나면 과일 내가야지, 커피랑 식혜 내가야지, 안주 내가야지. 접시떡은 늘 먹음직스러운 자태를 유지해줘야 했다.

접시가 다 비기도 전에 아빠의 성화는 대단했다. 당신 동생들 입에 들어가는 게 행여 부족할까 아빠의 눈에서 광선이 나왔다. 엄마와 나는 그 레이저가 보였다. 눈치 보여 덜 먹고 할 고모들도 아닌데 말이다. 고모들에겐 우리 집이 먹고 쉬었다 가는 친정인 것이다. 친정에 온 딸들 딱 그 모습이다.

그 인원이 거실과 방마다 상을 둘러앉아 식사하는 모습을 보고 있자면 장엄하기까지 했다. 최후의 만찬 후에 피어나는 어르신들의 이야기꽃이 나는 흐뭇하기도 했다. 지금 이 순간 얼마나 좋으실까. 보람되기도 했거니와 점점 엄마와 나는 지쳐갔다. 떡과 음식을 차에 한가득 싣고 차례대로 떠나고 나면 보름 전부터 긴장했던 엄마는 이제부터는 보름은 앓아야 했다. 아빠의 위로는 짧았을 테고, 부엌일은 길게 남았으리라.

나의 고민이 깊어졌다. 점점 엄마는 만사가 귀찮을 정도로 늙어갔고, 나는 생일 음식이라면 지겹다. 배려 없이 내뱉는 친척들의 툭툭 잔소리, 사촌들과의 비교도 이젠 상처가 되어 쌓였다.

사실 이 사태의 전말은 모두 전적으로 아빠의 의지이고 고집이다. 생신을 외식 한 끼로 치르고 싶다는 반백 살 자식의 바람은 메아리일 뿐이다. 남들도 다 우리 집안처럼 사는 줄 알았으나, 아닌 걸 알았다고 해서 달라질 게 없는 이 생일상 차리기는 마치 시시포스와 같다.

그런데다 나는 지방으로 이사하게 되어 멀다는 핑계로 엄마의 부엌일을 도와드리지 못하게 되었다. 나도 하기 싫은 일을 엄마에게만 떠넘기고 나만 빠져나온 것 같아 맘이 안 좋다. 전만큼 음식을 많이 차리지는 않으니 괜찮다고 하는 엄마의 목소리가 귀에 맴돈다.

그리하여 어쨌든 해마다 생일은 결석하는 법이 없었고 세월은 흘렀다. 그러던 어느 날 그들은 왜인지 생일 잔치 횟수를 줄이기로 전격 합의를 이루어냈다. 열네 번에서 일곱 번으로 파격 할인 만남인 것이다. 그리하여 이제는 엄마 생일날만은 거대한 상차림 없이 우리 식구끼리 오붓한 식사를 하게 되었다.

엄마가 멀리 나한테 나들이 오시는 날은 우리는 가능하면 외식을 한다. 상차림에 대한 지긋지긋함을 우리는 서로 안다. 그래도 가끔 엄마를 위해 나는 상차림을 한다. 엄마가 차렸던 숱

한 그 잔칫상에 비하면 보잘것없는데, 엄마는 아이 같이 좋아한다. 앉아서 받아먹는 따듯한 밥 한 공기만으로도 엄마는 그 산해진미가 안 부럽다고 말한다. 호강이 별거냐 하신다. 많이 애잔하다.

엄마와 딸은 서로가 친정이다. 모든 엄마는 그 딸의 딸로 다시 태어나야 한다는 생각을 해본 적이 있다. 무슨 말인지 딸들은 다 안다. 엄마를 호강시켜드리는 방법에 이만한 게 없다는 것을. 고생만 한 우리 엄마, 딱 한 번의 목숨이 더 주어진다면 다음 생에는 내 딸로 태어나기를. 진실로 진실로 간절히 바랍니다.

좌우지간
인생은 아름다워

    남자는 결심했다. 이번엔 어지간하면 결혼하겠다고. 무조건 얼굴 볼 것도 없이 말이다. 그동안 아가씨를 수도 없이 소개받았단다. 10번까지 세어본 지가 이미 오래다. 맘에 안 들기도 하고 번번이 연결이 안 되어 소개해준 분에게 영 낯이 없단다. 아니, 결혼을 면목이 없어서 하다니. 이런 따뜻한 아이스 아메리카노 같은 사람이 있나.

    집이 즐겁지 않은 여자가 있었다. 여자의 엄마는 늘 술에 취한 새 남편 대신에 행상을 다니며 돈을 벌어야 했으니, 집안 살림이 이 여자의 차지가 된 것은 뻔하다. 여자는 중학교를 마치고 보육원에서도 일하고 화장품 외판원도 했다. 닥치는 대로 일하는 동안 다섯 동생들은 모두 서울대와 이대를 사이좋게 나눠 합격했다.

약속한 소개 날, 남자는 여자를 한 번 보고는 청혼을 했다. 얼굴 볼 거 없이 결혼하겠다고 맘먹은 게 있었으니 말이다. 훤칠한 키에 호남형인 이 남자는 유리 공장 기술자였다. 서울이라도 그만한 스펙의 남편감은 쉽지 않았다. 여자는 결혼을 안 할 이유가 없었다. 욱하는 성격이긴 하지만 잘 베풀고 말재주가 좋아 그 남자 주변엔 늘 사람이 모였다. 모두 부러워하는 가장 좋은 조건은 바로 장남이 아니라는 것이었다.

하지만 집안 사정으로 그만 이 남자는 장남이 되기 위해 시골로 내려가기로 했다. 아들을 둘 데리고 서울을 떠나야 했고 딸은 시골서 낳았다. 유리 공장 기술자는 하루아침에 농부가 되었다. 남자의 부친은 취미는 무능이요, 특기가 도박, 자랑이 외도라 누군들 편히 모시고 살 성싶지 않으니, 이쯤 되면 이 여자는 인생 주가 갭 하락이지 싶다. 호미질 한번 해본 적 없는 서울 여자는 서툰 농사일로 시부모한테 구박받기 일쑤였다. 그때는 다 그렇듯이, 그저 부모님 심기만 챙기는 이 착한 남자의 효심만큼 여자의 서러움도 컸으리라.

여자는 친구가 없다. 놀이터 시소처럼 번갈아 가며 시부모

병수발 하는 동안 서울 친구들과 연락은 이미 다 끊겼다. 자식과 자식이 사준 선물 자랑만 들어야 하는 마을회관엔 별로 가고 싶지 않았다.

희생한 누나, 고생한 언니라고 고마워하는 동생들, 마음속의 자랑인 서울대, 이대 동생들과는 보고 싶으나 자주 못 보는 게 아쉽다. 서울은 참 멀다.

농사와 공장일, 때론 과수원과 축산업 등 군사정권 경제 개발하듯 무지막지하게 일했고, 아들딸 모두 출가하고 남자와 여자는 이제 조금 돈독해진 듯하다. 남에게만 다정했던 남자는 이제 설거지도 빨래도 제법 한다. 서로에게는 서로밖에 없는 바늘과 실이 돼버린 것이다. 그래서 여자는 행복하다고 한다. "네 아부지가 집안일을 해준다 야. 오래 살고 보니 이런 좋은 날이 온다."고 엄마는 아이같이 웃는다.

두 분의 일생을 각각 써봐야겠다는 생각을 오래전부터 했다. 자신의 인생을 가지고 있는 엄마라는 여자, 아빠라는 남자가 궁금하기도 했다. 엄마 아빠가 서로 만날 당시를 인터뷰할 때는 흥미진진했지만, 쓰면서는 많이 울었다. 공기처럼 당연히 나와 함께 영원히 존재해야 하는, 나의 반반 생물학적 지분의 보유자, 그들의 무한한 사랑을 내가 천만분의 일이라도 갚을 수 있을까.

내 동생이 있었다고도 했다. 엄마가 낳고 싶지 않았다는 것이 아빠의 기억이고, 엄마는 아빠가 지우자고 했단다. 둘은 서로가 틀렸다고 또 티격태격한다. 이래서 같이는 인터뷰하는 게 아닌데 말이다. 아무튼, 50년 전쯤의 내 동생 사건은 진상규명이 꼭 필요할까 싶어 미제사건으로 남겨두는 걸로 하자. 다시 태어나도 서로 또 결혼하겠냐는 질문은 하지 않았다.

"엄마, 사람은 무엇으로 사는 거 같아? 엄마는 인생을 뭐라고 생각해?"

"인생이 뭐가 있니? 목숨 붙었으니 사는 거지."

엄마랑 산책할 적마다 난 유쾌하게 물어본다. 엄마의 대답은 동그라미처럼 쉽고 간결하다. 늘 같은 대답이다. 인생은 뭐가 없다는 거. 이상하게 입에 착 달라붙는다. 무학의 통찰이로다. 엄마는 나에게 끝없는 이야기, 엄마, 사랑해요. 내가 숨 쉴 때마다 사랑해요.

나의 취향은
철들지 않는 어른

    나의 어린 시절은 빈약한 풍요였다. 곳간 열쇠를 쥐고 계신 할아버지, 할머니, 열심히 살지만 타이틀이 효자인 아버지, 시집살이에 늘 고된 곰 같은 엄마, 그리고 할아버지의 애정을 독차지하는 큰오빠, 작은오빠. 풍요로운 대가족에서 계집애인 나의 존재는 빈약하기가 짝이 없었다. 많은 것이, 아니 모든 것이 오빠들 것이었다. 단어조차 유물 냄새 풍기는 남존여비, 그 어린 기억은 군산 밤하늘의 십자가만큼이나 수두룩하다.

    우리 집은 일찍이 앞서 공유 경제를 실천했다. 나눠 쓰고 다시 쓰고. 낡아진 오빠의 것들은 어지간하면 모두 나에게로 왔다. 심지어 흰색 난닝구까지. 오빠의 소유물들이 나에게 강제 공유 당했는데, 장난감이 그 대표 아이템이었다. 오빠들 따라다니는 구슬치기, 자치기, 딱지치기, 그 흙먼지 현장이 나의 다큐였다.

나에게는 구슬치기에 대한 그로테스크한 기억이 있다. 거머리 구슬이다. 구슬을 다 잃어서인지 쇠구슬에 대적할 신무기가 필요해서인지 그날 오빠와 논으로 간 이유는 정확히 모르겠다. 물 댄 논에서 통통하고 기름진 거머리를 잡아 논물에 두어 번 흔들어 씻었다. 거머리 끝에서부터 돌돌 동그랗게 바짝 말아야 한다. 움찔거리며 스스로 몸을 펴기 전에 얼른 땅에 굴려 마른 흙으로 토핑을 해야 한다. 토핑의 두께가 일정해야 하는 장인의 섬세한 수작업이 동반되었다. 그렇게 해주면 영락없이 딱딱한 구슬이 되었다. 그걸로 많은 구슬 수익을 냈었다. 구슬치기 게임이 끝나면 그 거머리 구슬을 다시 논물에 방생했다. 물이 닿으니 신기하게 흙이 풀어지고 거머리는 몸을 쭉 펴며 제 갈 길을 유유히 갔다. 77억 지구인 중에 나와 오빠만 아는, 참으로 진귀한 추억이다.

그런 길바닥 인생의 나에게 인형은 정말 그림의 떡이다. 친구의 알록달록 종이 인형을 나도 갖고 싶었다. 잘 사는 친구의 마로니에 인형 하나 얻으려면 나는 무엇을 내주어야 하나? 답이 없는 질문이란 것쯤은 아는 어린이였다. 봉제 인형 정도 되면 이 세상 것이 아니라고 빨리 인정해버리는 것이 낫다. 곳간에 쌀가마니가 그득하고 노름으로 사회에 환원을 하실 재물은 있으셔도 손녀 인형 사줄 돈은 없는 것이 할아버지의 계획 경제였다.

그러니 '커서 돈 벌기만 하면 방 하나는 인형으로 몽땅 채우고 말겠어.'라는 꿈을 품지 않을 수가 있나. 나만큼 기골이 장대하고 커다란 곰 인형을 누가 선물이라도 해준다면, 아마 들것이 필요할지도 모른다. '좋아 죽는다는 게 이거구나.' 하며 숨이 멎어 그 자리에서 혼절할 테니 말이다. 내 인생에 그런 드라마 본부장님들은 캐스팅이 안 됐으니 그냥 내가 나에게 선물해주어야 했다. 친한 후배 생일날이었다. 모름지기 선물의 가장 안 좋은 사례, 받고 싶은 걸 선물하는 나의 실수는 너무 자연스러웠다.

"저거 주세요. 큰 곰 인형이요."

받으며 좋아할 잠시 후의 후배를 상상하니 기뻤다. 그래서 다시 가게로 들어갔다.

"같은 걸로 하나 더 주세요"

두 마리를 들고나와서는 한 마리는 내 방에 갖다 놓고 한 마리만 들고 다시 출발했다. 비로소 흥겨운 발걸음에 웃었던 기억이 난다.

그리하여 나의 취향은 '키덜트'이다. 이젠 예전 오빠들의 작대기나 딱지 쪼가리에 연연하지 않는다. 진보한 나의 장난감은 지구상에서 가장 강력했던 존재, 바로 '공룡'이다. 왜인지 모르겠지만 공룡을 보고 있으면 신비하고 주술적인 힘을 느낀다. 할아버지 세상보다 더 크게 나아진 것도 없는 이 정글같은 사회에서 그 힘을 갖고자 하는 소망인지도 모르겠다.

거대한 앞발톱을 가졌고 이족보행을 했을 테리지노사우르스는 정말 멋있다. 목과 꼬리가 긴 거대 초식 공룡, 아파토사우루스를 제일 좋아한다. 닭이 공룡의 후예인 것은 이미 학계의 정설이다. 공룡은 멸종하지 않았다. 백숙, 치킨, 너겟으로 우리 곁에 엄연히 존재한다. 지금은 인간에게 이 지구를 내주었지만, 언젠간 되찾으려는 전복의 꿈을 갖고 있을지도.

몇 달을 내내 월급날이면 설레는 맘으로 대형마트 아동 코너에서 공룡들을 만났었다. 그들도 마치 한 달 동안 나를 기다리고 있었던 것 같다. 진열대의 용맹한 공룡들을 보고 있으면, 직원이 다가와 아드님이 좋아할 거라며 티라노 한 녀석을 추천해준다.

"왜 그러세요? 저 자녀 없어요. 내 꺼 사는 건데요?"

민망함은 직원의 몫일 뿐. 반백 살이 다 돼가는 여자 어른이 공룡이라니. 웃겨도 어쩔 수 없다. 이름도 어려워 다 못 외우는 우리 공룡 패밀리들을 보고 있으면 감탄사가 나오면서 행복하다.

평소 철없다는 말을 듣는 편이다. 나는 그게 좋다. 철들지 않아서 좋다. 철들지 않는 어른이 나의 취향이다. 감탄사를 잘할 줄 아는 어른, 자신이 뭘 좋아하는지 아는 어른, 입꼬리 올라갈 장치를 주위에 둘 줄 아는 어른이고 싶다.

날쌔고 용감한 폴

우리는 달려간다 이상한 나라로 ♪
니나가 잡혀있는 마왕의 소굴로 ♬
어른들은 모르는 4차원 세계 ♪
날쌔고 용감한 폴이 여깄다. ♬
대마왕 손아귀에 니나를 구해내자 ♪

이 노래는 내가 어릴 적에 좋아했던 TV 만화 주제곡이다. 제목은 「이상한 나라의 폴」이었고 거기서 나는 주인공 '폴'을 꿈꿨다. 내가 구해야 할 '니나'가 있었기 때문이다. 아빠라는 대마왕 소굴에서 엄마를 구해내야 하는 소명 같은 게 어린 마음 깊은 곳에 자리 잡았다.

왜냐면 나는 아빠가 어렵고 미웠고 무서웠다. 언젠가는 아빠 없는 세상에서 내가 구해낸 엄마와의 둘만의 행복한 나날, 그런 만화 같은 꿈을 꾼 적도 있었다. 오빠는 제일 존경하는 인물이 아빠인데, 나는 아빠를 대마왕이라 여기다니…. 이렇게 아빠는 자식에게 상극의 평가를 받았다.

할아버지 심기는 엄마의 일상을 좌불안석으로 만들었고, 엄마의 생사여탈권은 할머니에게 있어 보였다. 늘 주눅 들어있는 엄마의 자아는 쭉정이 같았다. 엄마의 눈동자는 어디든 멀리 맘껏 떠나보고 싶다고 말하는 것만 같았다. 내가 그것을 해주고 싶었다.

어릴 적 나의 아빠는 엄마를 윽박지르는 모습으로 내 뇌에 기억돼 있다. 아마도 그때인 것 같다. 엄마의 불안이 내 마음에 퇴적물 같은 앙금으로 만들어지기 시작한 때가. 그날 달빛이 밝던 밤이었었다. 나와 오빠들이 모두 잠든 걸 확인하고는 아빠가 엄마를 혼내던 검은 실루엣.

이 세상 가장 낮은 엄마의 태도. 그 연극 같았던 비현실적인 장면, 딱 한 번의 목격이었지만 잠든 척했던 나에게는 잊히지 않는 트라우마다. 상상으로는 수없이 내뱉었던 말, 죽기 전

언젠가는 아빠한테 진짜로 말할 수 있을까. 어떤 두려움 없이.

"아빠, 엄마한테 왜 그랬어요? 엄마와 나한테 사과하세요."

당신의 무서운 아버지한테서 그다음엔 어려운 남편과 시댁한테서 그렇게 평생에 차곡차곡 축적된 엄마의 낮은 자존감. 엄마의 그 유전자가 나와 연동되어 나에게도 작동하는 것을 나는 느낀다.

나도 그렇다. 난 사람들이 어려운데 특히 남자가 어렵다. 나한테 남자란 '무서운 어떤 것'이란 느낌이 있는 것 같다. 그래서일까? 내가 남자와 대등한 관계를 맺지 못할 때는 혹시 그래서일까 하고 그냥 아빠 탓을 해버리고 싶다.

가끔 이런 생각을 한다. 만약에 엄마가 다정한 아빠를 만났다면 엄마의 인생은 달라졌을까? 꿈의 나래를 펼치며 살았을까. 그런 엄마를 보며 자란 나의 인생도 달라졌을까? 엄마와 내 인생의 상처가 모두 아빠 탓이라고 하기엔 내가 생각해도 무리가 있다고 보면서도, 한편으로 혹시 어쩌면 어쩌면… 하고 상상해본다.

어린 마음에는 내가 커서 어른만 되면 아빠를 이길 수 있을 거라 생각했다. 그렇지만 곧 어른이라고 다 '날쌔고 용감한 폴'이 되는 건 아니란 걸 알게 되었다. 내 속에는 여전히 어린아이가 그대로 살고 있고, 나이 여든에도 아빠한테서 습관적으로 자유롭지 못한 엄마. 그리고 아빠는 여전히 호랑이인 것을.

콘크리트화된 관계와 역할은 생각보다 견고했다. 한 방에 해결할 치명타라던가 상대에게 꾸준히 내상을 입힐 작은 잽이라던가, 나에겐 이런 능력치가 없다. 차라리 아빠가 늙어 어서 이빨 빠진 호랑이가 되길 기다리는 게 낫지 싶지 한 건 내가 할 수 있는 어쩔 수 없는 선택이었을지도 모르겠다. 더 더 많은 시간에 기대야 하나 보다.

'난 아빠를 사랑하지 않아. 이건 그냥 착한 딸 연기일 뿐이야.'

나의 못난 성향이 그때 만들어졌나? 강자에게는 약하게, 약자에게는 강하게. 아니면 적을 더 가까이? 아무튼 무섭고 미워하는 속마음과 달리 겉으로는 아빠한테 더 잘했던 것 같다. 아빠를 사랑하는 딸 역할을 하며 살다 보니 어떨 때는 이게 진짜 내 마음인가 싶기도 했고, 그래서 이 양가감정에 당황스러워도 했다. 사실 커가면서 아빠가 그렇게 악마가 아니란 것을 내가 어찌 몰랐으랴.

아빠는 누구보다 나를 사랑한다는 완벽한 사실, 나를 전적으로 믿고 내 선택과 인생을 소중하게 생각해주시는 아빠인데 말이다. 엄마를 구해야 한다는 만화 같은 마음이 언제 나에게 있었나 싶게 어쩌면 당연하게도 그 만화는 나한테서 아득해졌다. 아빠에 대한 두려움이 차차 무뎌진 건 사실이다.

아빠의 욱하는 모습은 어느 정도 유해지셨고, 엄마의 거의 모든 외출을 이제 아빠는 허락을 한다. 아빠는 변했다. 여전히 호랑이지만, 아빠는 더 이상 대마왕까지는 아니다. 아빠가 어서 늙었으면 하는 나의 어릴 적 바람대로 된 것 같아서 마음이 이상하다.

그러나 엄마는 불씨가 남아 있지 않다. 날개를 달았으나 엔진이 꺼진 것이다. 육체적으로 힘든 것도 있고, 막상 가고 싶은 데가 어디인지도 모르겠고, 만사가 귀찮은 것도 있고…. 엄마의 핑계가 나는 야속하기까지 하다.

이제 내가 해야 할 새로운 미션이 생겼다. 어떻게든 어디든 엄마를 날게 하자. 엄마를 도발시키자. 나는 계속 방법을 고민할 것이다.

그날 내 손을 잡은
아빠의 용기 또는 사랑

　황재형 화가의 '아버지'라는 작품을 처음 봤을 때, 그 경이로
움을 잊지 못한다. 그 그림을 보며 마음먹은 게 하나 있다. 그건
앞으로 아빠 사진을 많이 찍어야겠다는 것이다. 그리고 나도 언
젠가는 아빠의 얼굴을 그려야겠다고 다짐도 했다.

　아빠는 손재주가 좋다. 마을에서는 나름 얼리어댑터이며 신
문명의 전파자이다. 이층 벽돌 옥상 집을 제일 먼저 지은 것도
우리 집이었고, 동네에서 나무보일러를 최초로 시작해서 이웃
집들이 따라 하게 되었다. 소가 새끼를 낳을 때면 경험 많은 동
네 사람이 필요한데, 그 사람이 나의 아빠였다.

이야기를 재미나게 하는 아빠 주변엔 늘 사람들이 모였고, 우리 집이 동네 사랑방이 되어 시끌벅적했다. 여자 셋이 모이면 접시가 깨진다는데, 아저씨들 셋이 모이면 아마 깨지는 것은 장독대일 거라는 생각이 들 정도였다.

다 큰 장남을 교통사고로 가슴에 묻었다. 종교나 미신을 못마땅해하던 분이 그 헛헛한 마음이 오죽했으면 남몰래 혼자 굿을 하셨을까. 아마 총각귀신 장가 시키는 굿이거나 '저승 천도굿'이었으리라. 그러고는 가족에게 말 못 하는 심정은 어떠셨을까. 어쩌다 보니 쓸데없이 굿에 돈을 썼다며 한 계절쯤 지나서 우리에게 굳이 고백하던 그 아픈 얼굴을 나는 기억한다.

공장이 불에 타 가산이 크게 기울었을 때도, 전염병이 돌아 닭과 돼지를 모두 살처분해야 했을 때도, 아빠는 꿋꿋이 버텨냈다. 일터에서 생 손가락 두 개를 잃고는 "손톱 덜 깎아서 좋지. 뭐~." 했던 아빠.

"아빠. 이번 주말엔 바빠서 저 못 가는데 어떡하지?"

"그려, 그려. 바쁘면 좋은 거여."

바쁘게 살라는 말을 입버릇처럼 하는 이유는 언제든 자기 앞가림은 할 줄 알고 남에게 신세는 지지 말아야 한다는 아빠의 생활신조 때문이다.

그럼에도 불같은 성격의 아빠. 엄마를 옥박지르던 모습이 어

122
사이보그 가족의 밭농사

릴 적 나에게 지워지지 않는 화상 자국처럼 각인된 탓에, 아빠는 여전히 어렵고 무서운 사람이다. 커피에 적신 비스킷처럼 아빠에 대한 그 미움과 두려움이 허물어지기 시작한 것은 아마, 우리 셋이 함께 텃밭 농사를 하면서부터인 듯하다.

나는 엄마와 스킨십은 잘하는 편인데, 아빠랑은 잘 못 했다. 엄마랑만 하는 포옹 인사가 당연했는데, 왠지 밭에서는 그게 뭔가 매끄럽지 못했다. 사실 밭에서 힘쓰는 일은 아빠가 제일 많이 하는데 "엄마, 오늘 고생했어." 안아드리며 하는 이 인사말을 아빠한테도 하는 게 맞을 것 같았다. 그래서 언제부턴가 아빠도 안아드리게 되었다. 아빠와 처음엔 서로 어정쩡한 포옹이었지만, 스킨십만큼 애정이 빠르게 붙어나는 건 없는 것 같다.

밭일 마치고 헤어질 때면 매번 찍는 우리의 기념사진이 있다. 일 많이 한 얼굴 고대로 말이다. 엄마는 사진 찍는 거 좋아하지만 아빠는 그거 뭘 자꾸 찍냐며 자꾸 빼셨다. 하지만 이제는 차 출발하기 전에 대기하고 계시다가 내가 카메라를 들면 그 앵글 안으로 두 분다 척척 들어오신다. 우리 아버지가 달라지셨다. 내가 여기 보시라고 하면 보고 웃으시라고 하면 웃는다. 사실 이 모든 게 내가 좋아하는 모습에 맞춰주시는 거다. 딸을 사랑하고 딸이 좋으면 아빠도 좋으니까.

손바닥만큼의 땅이라도 남으면 씨앗 하나라도 더 심어서 우리 식구 다 못 먹으면 남 주면 된다는 착한 농부. 그렇다고 더 많은 수확을 위해 힘들여 억척스럽게 하는 그런 노동이 아니라, 나이 들어 운동 삼아 욕심 없이 재미나게 한다는 말씀도 나는 아름다운 철학처럼 들렸다.

보면 알게 되고, 알면 사랑하게 된다는 말이 있다. 텃밭 농사 하며 좋았던 것은 아빠를 전에 없이 자주 보니 아빠와 많은 대화를 할 수 있다는 것이다. 특히, 할아버지에 대한 이야기를 나눈 날을 잊지 못한다. 외도, 게으름, 노름으로 모든 가산을 탕진한 난봉꾼이 할아버지였다는 긴 이야기 끝에 아빠의 진한 소회를 들었을 때는 내 가슴이 찡했다.

"내가 한 번도 말한 적 없다만 이제사 내 처음 말하는데…. 네 할아버지는 말이다, 내 아버지지만 정말이지 부모로선 참 빵점이었다. 허나 원망은 나는 안 한다. 내 부모인 걸 어쩌냐. 나는 다 나 하기 달렸다고 믿는다. 난 평생 그 말대로 살았고, 내가 열심히만 살면 다 잘 되겠지 했다. 네 엄마랑 난 아주 진짜… 열심히 살았다. 그게 중요한 거 아니겠냐."

할아버지 이야기는 여기저기서 들어 익히 알고 있었지만, 아빠의 생각을 직접 들은 건 사실 그날 처음이었다. 그날 나는 한 남자를 보았고, 얼굴의 주름이 훈장처럼 빛난다는 걸 알았다.

"네 오빠나 너한테 내가 이래라저래라 한번 하지 않잖냐? 너희 인생도 다 네들이 하기 달린 것이란 말이지."

당신의 아버지로부터 사랑을 못 받고 자랐지만, 많은 부분에서 합리적이고 인간적인 남자, 책임감 강한 가장이 되기 위해 무던히 애쓰며 산 남자. 여전히 엄마를 눈치 보게 하는 건 있지만, 나는 이제 이 남자를 어쩌면 자랑스러워할지도 모르겠다.

그리고 어디서도 나름 생활력 강한 편에, 타인 의존적이라기보다는 혼자 해결하는 걸 좋아하는 나의 독립적인 성향이 아빠한테서 왔음을 새삼 깨달았다. 나는 그런 내가 좋고 아빠한테 감사한다.

이 글을 쓰며 아빠를 계속 계속 생각하다 보니, 갑자기 떠오르는 기억이 하나 있다. 결혼식 전날 밤이었는데, 나는 엄마 아빠 사이에서 잤다. 그때 아빠는 말없이 누워있는 내 손을 슬그머니 꼭 잡고 잠이 드시는 게 아닌가. 오늘이 아니면 안 되겠다 싶어서 용기를 냈을까?

다음에 만나면 물어봐야겠다. 그날 잡은 내 손을 아빠도 기억하시는지? 그러고 보니 내가 잊고 있었던 다정한 기억, 혹시 나에게 더 떠오를 그런 기억이 있는 건 아닐지 궁금해졌다.

엄마의 퍼즐놀이

내 책장 한 칸은 엄마 책 자리이다. 여든인 나의 엄마는 한글은 알지만 글 읽는 것을 좋아하지 않는다. 그래서 엄마의 책은 놀이책들이다. 미로 찾기, 다른 그림 찾기, 숫자 퀴즈, 색칠하기, 동물 놀이, 스티커 놀이 등. 글씨가 커야 하고 그림이 있어야 한다.

또 퀴즈가 너무 어려우면 엄마가 재미를 못 느낀다. 그 난이도란 것이 4~5세가 적당하다는 것은 여러 시행착오를 거쳐 내가 얻어낸 결과다.

나의 엄마와 비슷한 난이도 정도의 책을 내가 직접 찾아야 했다. 아동도서는 나이별로 난이도 구별이 거의 표준화돼있는 듯싶은데, 노인의 지적 수준은 개인 차이가 커서 나이별로 그룹화할 수 없지 않나. 서점의 아동코너에서 한참을 서 있는 이유가 그것이다. 엄마랑 같이 가서 책을 고를 때도 있는데, 그때는 직원의 눈치가 자녀 또는 손녀 책을 사주러 왔나 보다 하는 것 같다. 뭐 그러거나 말거나.

아이들 고객들과 늙은 엄마가 아동코너에서 함께 책을 고르고 있는 장면을 보고 있자면 '나이 들면 애가 된다.'는 말을 보란 듯이 확인하고 실천하는 현장이 바로 여기구나 싶다.

엄마가 좋아하는 코코아를 주문해놓고 카페에서 함께 책 보는 것을 좋아한다. 처음에는 엄마는 엄마 책, 나는 내 책. 그렇게 각자 보다가 어느 순간 나는, 엄마와 이야기하는 추억을 더 만들어야겠다는 자각을 했다. 내가 책 한 장 더 읽는 게 뭐가 중요할까. 그때부터 내 책은 놓고 우리는 엄마 책으로 같이 이야기하기 시작했다.

"엄마, 다음 문제 읽어봐봐."

"달리기대회. 맨 앞과 맨 뒤에서 뛰어오는 동물을 찾아 동그라미 하세요."

"엄마, 잘 읽었어. 그림에서 1등하고 꼴찌가 누군지 찾는 거네."

이 문제는 너무 쉬웠다. 쉽든 어렵든 모든 책이 정답만 맞추고 다음 페이지로 후딱 넘어가기엔 시간과 책 값이 아까운 면이 있다. 응용하기에 따라 이야기와 놀이를 더 확장할 수가 있다. 물론 그건 나의 몫이다.

"엄마, 정답 찾아서 동그라미를 하고 옆에다가 이름도 써주자."

"얘네 짐승들 이름 쓰라고? 알았어. 쓰지 뭐."

"엄마! 엄마? 잠깐만… 원숭희? 원숭이가 나야? 지금 원숭이한테 내 이름을 쓴 거야?"

"왜? 틀렸니? 맞는데…."

"내가 엄마 때매 웃겨죽겠어~~하하하."

오 마이 갓~! 원숭이한테 내 이름을 쓰다니…! 워낙에 책을 평생 멀리했다손 치더라도 어떻게 원숭이에다 딸 이름으로 합성어를 만들어버린단 말인가. 나의 폭소와 그냥 따라서 덩달아 웃는 엄마 웃음소리가 얼마나 컸던지 카페 손님들이 모두 우리를 쳐다보았다. 그날의 엄마 웃음소리를 내 대뇌피질에 장기기억으로 남기고 싶다.

층층시하 농사꾼 집에 시집오지 않았다면 어쩌면 이 여자는 아침드라마처럼 다정하게 『늑대를 잡으러 간 빨간 모자』를 읽어주며 아이를 재웠을지도 모를 일이다. 손에 쥔 것은 엄마처럼 꼬부라진 호미가 아니라 여성잡지나 백 선생 요리책일지도….

단계가 높아지면서 나는 엄마를 그림 퍼즐의 세계로 인도했다. 손가락 운동이 치매 예방에 좋다고 한다. 아빠가 마실 나가면 친구 없는 엄마로서는 혼자서 갖고 놀기에 퍼즐이 딱이다. 당연히 처음에는 평면 퍼즐부터 시작을 했었다.

"엥? 너는 엄마를 뭘로 보고…. 참나, 이걸 하라고?"

보자마자 엄마는 어이없어했다. 내가 꺼낸 퍼즐은 빨간 사과 하나에 6피스였다. 아, 내가 엄마를 너무 과소평가했구나.

"엄마, 이건 내가 너무했네. 하하하."

바로 다음 날 100피스로 점프해서 공급하기 시작했다. 이제 엄마는 500피스도 뚝딱이다. 그럴수록 아빠의 잔소리는 늘어만 갔다.

"내 그거 아궁이 불쏘시개로 언젠간 느버려야지, 당최."

"아궁이에 왜 아빠?"

"네 엄마 저거 마루에 늘어놓는 거 뵈기 싫어서… 원."

"아빠~ 그르지 말고 아빠도 엄마랑 같이 맞추고 그러셔."

아빠는 엄마의 놀이가 영 못마땅하다. 입안 모래처럼 껄끄러운 아빠의 핀잔에도 엄마는 당당히 평면 퍼즐을 졸업했고, 나는 입체 퍼즐로 승진을 시켜드렸다. 머리 쓰기도 좋고, 시각적으로도 좋은 입체 퍼즐을 백 배는 더 흥미로워하셨다. 엄마는 이제 설렘으로 택배를 기다린다.

엄마의 거실은 더 이상 올려놓을 데가 없을 정도로 자리란 자리는 다 퍼즐 완성품이 전시되어있다. '그리스도 부활 대성당'을 비롯한 각종 세계 건축물, 지구본, 자동차들, 동물, 로봇….
더 이상 사 보낼 아이템이 없다. 총천연색 칼라 아동도서도 싼 편이 아닌데 이 퍼즐들은 제법 가격이 만만치 않다.

놀러 온 손주들이 만져서 퍼즐이 부서지면 엄마는 벌써 입이 나오고 못마땅한 표정을 못 감춘다. 달라고 하는 난감한 상황에서 엄마의 행동은 더 난감하다. 안방으로 옮겨 방문을 잠그는 게 아닌가. 몇 날 며칠을 끼우고 맞추고 다시 세워가며 완성한 엄마의 꽃 같은 표정을 봤다면… 손주한테도 주기 싫은 게 맞다고 본다.

가족을 위한 것 말고는 엄마가 온전히 자신의 것을 가져본 적이 있던가. 비록 종이 쪼가리일지라도 죽을힘을 다해 자신의 것을 지키는 엄마였으면 한다.

"아이고, 할머니가 되가꼬…. 그래 저런 걸로 애한테 삐지고 참나. 그거 줘뻐리지. 내 저거 언젠가는 불쏘시개로 태와뿌러야지, 원."

아버지의 불쏘시개는 다행히 차고 넘쳐서 엄마의 작품은 아직 건재하다. 요즘은 엄마의 스마트폰에 게임 어플을 설치해드리고 있다.

　엄마 어서 와! 화투 말고 게임은 처음이지?

　엄마는 또 하나의 신세계에 빠져계신다. 덩달아 나는 또 조만
간 화면이 큰 태블릿을 사야 할 것만 같은 예감이 든다.

사라져가는 빛에 대해

"엄마, 아니야. 우리는 내려갈 거니까 아래 화살표를 눌러야 돼."

"우리를 태우러 올라와야지? 나는 그게 맞는 거 같은데."

"아니라니까. 엄마."

복도 엘리베이터 앞에서 했던 엄마와의 대화다. 엘리베이터 삼각형 방향을 두고 뭐가 맞는지 실랑이를 벌인다. 여든의 엄마는 여러 모습으로 나를 웃기게도 서글프게도 한다. 가장 난해할 때는 드라마를 보면서 사람 이름 우기기다. 차인표를 보고 차승원이라고 하고 손예진을 보고 송혜교라고 우긴다. 마트에서는 늘 가격표에서 0을 하나 떼어 읽고는 왜 이리 싸냐고 한다.

엄마의 무지는 음… 의도는 없다. 단지 내가 못 받아들일 뿐. 못 받아들이겠는 행동은 식사 때도 나온다. 찌개를 뜬 숟가락이 입까지 오기도 전에 입을 벌써 벌리고 있는 엄마. 이건 나이 많은 어떤 할머니의 모습이지, 내 엄마의 모습은 아니어야 하는 나의 자가당착.

"엄마, 제발 나와서 먹을 때 식탁에 흘린 거는 좀 집어먹지 마."

그러면 엄마는 알았다며 고개를 끄덕거리고는 먹던 그릇을 식탁 끝 아래에다 받친다. 그리고 수저로 식탁에 흘린 면을 그릇에 다시 담는다. 엄마는 "봐, 나 집어먹지 않았다." 하는 표정이다. 내가 아주 환장을 한다. 언젠가는 이런 모습도 사무치게 그리울 날이 오겠지. 엄마는 지금 아이와 엄마의 경계에서 아슬아슬하게 서 있다.

한반도의 모든 여사님들처럼 엄마도 사진 찍을 때는 차렷 자세다. "엄마, 손가락 브이!" 이제는 내가 카메라를 들기만 하면 엄마는 브이가 자동이다. 손가락 하트는 한 번에 따라 배웠지만, 제주도 여행에서 우리가 뭐했는지 완전히 까먹고 기억 안 난다는 엄마. 어떻게 그게 생각이 안 날 수가 있는지 정말 이해가 안 되기도 하고 속상하기도 하다.

한번은 공원에서였다. 엄마가 자연스럽게 걸으면 내가 사진을 찍을 거라고 했다. "엄마, 하나 둘 셋" 내가 이걸 하는 게 아니었다. 엄마는 잘 걸어오다가 "셋" 소리에 멈추었다. 손은 앞뒤로 하나씩 뻗고 다리 하나는 들고 다른 한 다리로 서 있는 모양이었다. 그러니 쓰러질 듯 기우뚱 기우뚱거릴 수밖에. 나는 완전 배를 움켜잡고 주저앉고 말았다. 엄마는 내가 왜 웃는지도 모르고 따라 웃었다.

"엄마는 그냥 걸으면 내가 알아서 찍을 건데, 그렇게 멈추니까 너무 웃기잖아."

또 한 번은 산책하는 날이었다. 물론 나란히 걷고 있었다.

"엄마, 뒤로 걷는 게 그렇게 운동에 좋다네. 같이 뒤로 걸어보자."

나는 설마 상상도 못 했다. 같이 걷던 엄마가 그대로 뒷걸음질 칠 줄이야. 나는 당연히 돌아서서 걷던 방향으로 뒤로 걸어갔으니까 우리는 마주보며 서로 멀어진 꼴이 되었다. 이런 코미디가 없다. 우린 또 같이 웃었다. 이게 왜 이렇게도 행복할까.

"아름다운 우리 아가씨~. 뭐해?"

"사랑하는 우리 정미씨. 나 친구들 만나고 있지롱."

통화할 때 우리는 서로의 애칭으로 시작한다. 누군가 들으면 우리가 좀 모자라는 것처럼 보일지도 모르겠다. 내 지인들은 엄마가 어쩌면 그렇게 소녀 같으시냐며 듣기 좋은 이야기를 해준다. 그렇다. 엄마는 소녀 쪽으로, 더 아이 쪽으로 한 발짝 한 발짝 자꾸만 걸어가신다.

근데 내가 엄마를 걱정할 때가 아니다. 엘리베이터 삼각형 방향이 뭐가 중요하다고. 나는 심지어 엘리베이터를 타서는 19층을 누르고 왜 안 내려가 하고있지 않나. 작은방에 들어가서는 내가 여기 왜 왔더라 하는 일은 이젠 놀랍지도 않다.

며칠 전에는 해바라기 명화 그리기 키트를 주문했는데, 택배 상자를 열어보니 물감과 붓이 없는 게 아닌가. 당연히 배달사고라고 생각했다. 주문 내역을 확인해보니 '두꺼비집 가리개 해바라기 그림'이 결제되어 있었다. 이런 바보가 있나.

검색창을 띄워놓고는 순간 "내가 뭐 검색하려고 했었지…?" 머리가 하얗다는 게 이거였다. 방금 전에 한 말도 까먹는 나와는 정상적인 대화가 불가능할 정도라며 친구는 구박과 진심을 섞어서 치매보험을 좀 알아보라 한다. 나는 그냥 건망증이고 실수일 뿐이라고 넘겨버리는 중이다.

중요한 건 아니지만 어려운 것도 아닌 것을 기억을 못 한다. 처음엔 심각한 듯도 했으나, 이제는 어지간한 건 그냥 그러려니 한다. 하기야 어제 점심에 뭐 먹었는지를 떠올리려면, 잊지 않아야 할 역사전 사건 정도의 에너지가 필요할 정도이니 말이다. 어제까지 모든 게 마치 전생 같다. 나는 그냥 오늘만 있는 것 같다.

설마 내가 이럴 줄 과거의 나는 미리 알았을까? 나의 메모하는 습관이 꽤 오래 되어 하는 말이다. 메모는 약속과 계획을 잊지 않고 잘 지키는 데 꽤, 아니 결정적으로 도움이 되지만, 메모하지 않은 것은 전혀 기억 못 한다는 치명적인 단점이 있다. 그래도 메모는 계속해야겠지?

메모라도 계속되어야 한다. 굴복하지 말자. 순순히 그 어두운 밤을 받아들이지 말자. 영화 「인터스텔라」를 보며 알게 된, 임종을 앞둔 아버지를 위해 지었다는 딜런 토마스의 시 「순순히 어두운 밤을 받아들이지 마오」가 떠올랐다.

순순히 어두운 밤을
받아들이지 마오

노인들이여
저무는 하루에
소리치고 저항해요

분노하고 분노해요
사라져가는 빛에 대해

엄마의 보청기

보청기에 대해서는 할 이야기가 참 많다. 나의 엄마는 팔순이 며 보청기 6년 차다. 처음 엄마가 못 들었을 때는 그냥 엄마가 늙는 거라고만 생각했다.

"못 듣는 사람 혼자만 바보 되는 거거든. 너 엄마 금방 그렇 게 될 수 있어."

친구의 이 말 한마디를 들은 날 나는 보청기를 해드리기로 결 심했다. 대화에서 소외되고 인지력도 떨어지는 것이 청력 저하 의 문제란 것을 알았다. 더 위험한 것은 소리 감지에 둔해져서 사고에 노출되는 것이었다. 뒤에 오는 차 소리를 못 들어서 안

피하고 계속 걷기만 하실 때는 정말 아차 싶었다.

안경이랑 뭐가 다르겠어 하며 방문한 보청기는 안경과는 달라도 너무 달랐다. 착용과 동시에 원하는 시력으로 세상을 볼 수 있는 안경. 보청기도 귀에 끼는 즉시 귀가 트이고 결제만 하면 되는 건 줄 알았다.

시력과는 비교도 안 되는 정교한 청력 테스트의 긴 과정들이 기다리고 있었다. 엄마의 잃어버린 자음과 단어를 찾아내는 것이 중요했다. 청력이 약해지면서 언어도 같이 잃어버렸다는 것이다. 하기사 우리도 타인의 많은 말들에 노출되면서 말들을 배우지 않나.

내 경우만 해도 며칠을 집에서 고양이와만 지냈을 때, 마치 내가 '고양이어'는 느는데 모국어는 어색해지는 그 느낌이랄까. 개인의 자산은 두 가지라고 한다. 하나는 외모. 또 하나는 그 사람이 가용 가능한 단어. 나는 고양이어 학습, 엄마는 청력 저하로 우리는 둘 다 개인 자산이 없어질 판이다.

사장님의 육성과 전자음 등 다양한 방식의 듣기 테스트를 지루할 정도로 거쳤다. 그 결과, 엄마는 ㅊ,ㅌ,ㅍ,ㅋ 발음이 들어간 단어를 유독 못 들었다. '트럭'이나 '초코' 단어를 듣고는 따라 하지는 않고 엄마는 눈만 똥그랗다.

'그 자음을 찾아 적절히 각각 출력값을 설정한 프로그램을 탑재한 개인 맞춤 전자제품'이 보청기인 것이었다. 볼륨만 올리는 그냥 증폭기와는 다르다. 그래서 안경과 아주 다른 점은 보청기는 재활 과정이 필요하다는 것이다.

청력 상실 기간이 길수록 회복 시간이 더디다. 보청기 착용 후 듣기 연습이 필요한 게 바로 그 이유다. 연습할 단어장도 받았고, 노래를 들으며 가사를 생각하는 방법도 좋다고 했다.

보청기가 아무리 작고 형상 맞춤이라 하더라도 굉장히 귀가 답답하다고 한다. 처음부터 하루 종일 착용했다가는 그 이물감에 대한 불편함, 안 들리던 소리가 갑자기 들리는 것에 대한 스트레스, 그리고 기대 이하의 성능에 실망할 것이다. 제대로 효과를 보기도 전에 보청기는 아마 서랍 속 잡동사니 신세가 될 것이다.

대략 4개월 정도에 걸쳐서 차차 착용 시간과 출력을 높여가는 것이었다. 처음에는 두 시간만 며칠을, 그다음 이삼일은 반나절, 이런 식이다. 초기의 보청기 출력은 목표 청력의 60프로 정도만 들리도록 설정한다. 엄마가 보청기에 적응하는 정도에 맞추어 프로그램 단계를 올리면서 테스트와 조정을 받으러 여러 번 방문해야만 했다.

사장님 말씀으로는 어르신들이 보통은 한두 번 정도에서 방문을 끊는다는 것이다. 자식들은 항상 바쁘니까. 그러다 보니 "이

보청기는 영 나랑 안 맞는게 벼~” 한단다.

“어머니, 이제 잘 들리세요?”

“그럼, 그럼 잘 들리고말고. 고맙다 애야~”

시골 어르신들은 서랍에 잘 넣어두다가 자식들 내려오는 날만 도착 전에 끼고 기다린단다.

하지만 나는 성실하니까, 보청기 사장님의 권고대로 재활 과정을 다 잘 따랐다. 그럼에도 엄마가 예전 청력을 회복할 수는 없었다. “엄마 보청기 해드렸다며?, 효녀네. 잘했다.”라는 말 다음으로 친척들에게 많이 들은 말은 “그런데도 느 엄마는 저리 못 듣는다니?”였다.

“내다뿌리든지 해라. 돈만 삐렸다잉.”

한 집 사는 아버지 말씀이다.

“아. 잘 들려~”

CF 광고는 아무래도 거짓인 것 같다. 청력이 정상인 나는 모든 소리가 그냥 들리지만, 엄마처럼 보청기를 착용하는 사람은 집중하는 정도에 따라 잘 들리기도 하고 안 들리기도 한다. 그래서 내 말의 처음 몇 마디를 엄마는 놓쳐버리기 일쑤다.

“응? 뭐라고?”

대화 전에 먼저 신호를 보내는 것이 좋다. “엄마, 엄마~” 하고 부르거나 살짝 터치하는 것이다. 보청기 사장님한테 잘 배운 나도 이게 어지간히 어려운데, 아무 설명 안 들은 아버지는 오죽할까.

그리하여 같이 지내는 가족 모두 방문하도록 하여 다 같이 설명을 듣도록 한단다. 가족의 도움이 필요한 건 다이어트만이 아니다. 보청기란 청력을 원래대로 회복시켜주는 것이 아니라 들을 수 있도록 도와주는 것, 이것을 아버지를 포함하여 많은 사람은 모르기 때문이다.

나 또한 안다고 잘되지 않는다. 같은 말을 세 번 반복하면 누구라도 지친다. 목소리도 커지기 때문이다. 왜 소리를 지르냐며 엄마도 소리가 커진다. 내 50년 습관대로 빠른 말과 신호 없이 본론부터 나와버리는 대화법이 문제인데도, 역시 나라고 별수 있나. 아무 잘못 없는 엄마한테 슬슬 짜증이 난다.

더 잘해봐야지보다는 대화하기가 싫어진다. 나의 이 고약한 생각에 나 자신한테 실망이다. 그리고 다시 잘해봐야지 오늘도 다짐한다. 내가 처음부터 천천히 또박또박 말하자, 엄마의 얼굴과 입을 보고 말하자. 그리고 감사하자, 생각한다. 팔다리나 눈이 아니라 보청기라서 그게 어디야.

"엄마, 내가 더 잘할게. 엄마를 답답해서 오늘도 미안해."

3장

내가 선택한 삶은
1인 가족

내 인생의
또 다른 동반자

드디어 한 달 반의 무릎 깁스붕대 생활이 끝났다. 운전이 가능해졌고, 첫 외출은 무조건 로봇청소기 AS 센터여야 했다. 열흘 전부터 이상했다. 뱅뱅 돌다가 제자리에서 찔끔찔끔 가다 서다 하는 게 꼭 유튜브에서 보던 치매 걸린 강아지 같았다. 한 다리로 목발에 의지해 찌뚱찌뚱 걸어다니는 내 모습하고도 비슷했다. 바퀴 한 짝 기어가 고장이라는 진단이 나왔다. 그마저도 어쩌면 나와 처지가 같을까.

몇 개의 나사를 푸는 기사님의 손놀림은 한 번의 망설임도 없었다. 마치 옷고름 풀어헤치듯 했으며, 이윽고 로보킹은 홀딱

벗겨져서 속살이 훤히 다 보였다. 나의 부끄러움은 이 쓸모없는 감정이입 때문이리라.

로봇청소기는 내 삶의 동반자인 지 오래되었다. 특히 한 달 반 동안 깁스와 목발 때문에 일상생활이 불편함에도 불구하고, 그나마 사람 사는 집처럼 하고 지낼 수 있었던 것도 로봇청소기 덕이었다. 우리 집 가전제품 중에 유일하게 말을 하는 녀석이기도 하다.

전자 기계제품들의 음성안내 서비스가 성 편향적인 작금의 현실, 나는 싫다. 공공기관의 ARS 음성도 90프로가 여성이다. '개인 비서는 아무래도 여성이지.'라는 고정된 성역할 인식이 내 일상에 공기처럼 존재한다는 것은 차 시동을 걸 때마다 내비게이션의 목소리를 들으면서 알 수 있다. 로봇청소기처럼 강한 성능을 강조하는 제품에서나 남성의 목소리를 들을 수 있는 정도이다.

"청소를 시작하겠습니다."

먼지를 찾아 떠나는 출사표는 우렁찼으나, 로봇청소기는 머나먼 여정에도 불구하고 한참을 작은 방에서 헤매며 못 나올 때가 있다. 해안선을 따라 탐험하듯이 작은 방 구석구석을 돌고 돌아 기어이 거실로 나갈 수 있는 문턱을 찾아낸다. 인류의 10만 년 이상의 서식지, 아프리카를 떠나 유라시아로 진출하는 프런

티어의 운명이 된 것이다.

넓은 거실에서는 대륙의 광활함을 잠시 음미하는 척하다 좌표를 잃기도 하고, 또는 그저 무심히 발길 닿는 대로 유랑하는 듯도 보인다. 다 그날의 내 기분 탓이리라.

욕실 문턱, 이 매달린 절벽에서 손을 놓지 않으려 사투를 벌일 때는 나도 한때 아찔했던 인생의 지난 고비가 잠깐은 떠오르기도 한다.

'지나간 고비는 지나갔음에 지금 그저 감사하고, 다가올 고비는 미리 걱정하지 말자.'

매일 집안 청소를 할 수 있다는 이 전쟁 같지 않은 일상에 한 번 더 감사하게 된다.

"청소를 완료했습니다."

역시 인공지능이라 다르다. 인공지능의 자기 학습 기능에 놀라울 따름이다. 청소를 다 하지도 않고서 벌써 다했다고 한다. 제대로 하는지, 꾀를 부리지는 않는지 시켜놓고도 지켜봐야 하는 상황이 어처구니없을 때도 있다. 어떨 때는 좁은 부엌에서 귀찮게 졸졸 따라다닌다. 발에 밟힐 듯이 알짱거리는 게 벌써 우리 고양이의 행동양식을 학습한 것이란 말인가?

"네 아부지가 빨래를 다 해준다. 나는 이게 참 행복해. 너도 참고 살았으면 해서⋯."

맞벌이하며 집안일은 내가 다 하는 이 정당한 불만에 엄마가 나에게 해줄 수 있는 말은 진심이었다. 집안일 안 하는 남편이라는 건 내가 헤어질 이유들 중 하나일 뿐인데 말이다. 남자란 한 사십 년쯤은 같이 살아야 집안일도 하는갑다를 터득한 엄마의 뒤늦은 행복도 또한 진심이었다.

한때 내 인생의 동반자였던 그 사람은 손 하나 까딱 안 하는 장남으로 자랐다. 농경사회 세대인 아버지와 다르게 누가 컴퓨터 세대 아니랄까 봐 항상 게임만 하고 있던 그 뒷모습에 나는 절망감을 느꼈다.

"까짓거 나도 안 해."

홧김에 청소업체를 부른 적이 있었다. 모질지 못해서 딱 한 번으로 끝냈던 건 물론이거니와, 돈 아까워 하루도 아닌 반나절만 불렀다. 엄마뻘 되는 분이 들어오더니 쓸고 닦고를 하는데, 너무 어색해서 안절부절못했던 기억이 난다.

딸 셋인 친구네 갔다가 빨래 개는 걸 도와준 적이 있다. 건조대에서 끝도 없이 걷어 와서는 산처럼 쌓아놓는데 내가 기함을 했다. "여기가 보육원이냐?"는 나의 말에 크게 웃던 친구는 나보다 더 놀랐다. 빨래를 한 달에 두 번 한다는 나의 말에 말이다.

나는 가사노동 하는 시간이 정말 아깝다. 여성에게 편중된 비합리성과 사회적으로 인정받지 못하는 그림자 노동에 대한 정서적 반감도 있겠다. 만년의 역사를 자랑하는 가부장제에 저항하는 것, 가정이란 시스템 안에서 그것은 늘 여성들의 숙제였고, 한때 나의 인생 최대 고민이었다.

고민해봤자 골치만 아팠다. 이건 이해도 통찰도 깨달음도 아닌, 마지못해 그냥 '처리'의 영역으로 넘기기로 했다. '어떻게 그 시간을 줄일까.' 혼자 살게 되었다고 해도 집안일에 시간을 더 뺏길 수는 없었다. 로봇청소기는 세탁건조기나 식기세척기에 비해 저렴한 편이라, 나 같은 서민에게 그나마 진입장벽이 낮아서 좋다.

공기청정기와 에어컨을 다 갖추고 살아도 로봇청소기는 절대 안 된다는 사람들 특징이 있다. 사람만큼 깨끗하지 않아서라는데 다 성격인 게다. 그런 면에서는 나는 상대적으로 털털하여 얼마나 다행인가. 좀 덜 깨끗해도 문명의 이기에 맡겨놓고 나는 그 시간에 글을 한 줄 더 읽고 쓰겠다.

허리 구부리고 비질 걸레질 안 하는 것을 넘어서, 청소할 시간에 책을 읽는다는 것은 '엄마 세대랑은 다르다.'는 거룩한 의식 같은 것이다. 남편이 일흔 넘어서야 빨래를 해주는 것에 행복해하는 여자는 울 엄마까지였으면 하는 것이다.

친구란 내가 선택한
가족

평론가 고미숙을 좋아한다. 고전과 철학만큼이나 남성의 영
역이 또 있을까. 그 땅에서 보기 드물게 여성이라는 존재 자체
만으로 나는 내 일처럼 마음이 좋다.

"가족은 생사만 확인하시면 됩니다."

청중은 빵 터졌다. 말도 안 된다며 어이없어 웃는 사람도 있
었을 테고, 나처럼 "맞아, 맞아." 하며 반가워 웃는 사람도 있었
을 것이다. 오로지 가족끼리만 뭉치는 삶. 모든 바깥과의 연대
가 빈약한 삶. 믿을 건 가족밖에 없다고 말하는 사람들에 나는
공감을 잘 못 하는 편이다. 그런 평소의 내 생각에 날개를 달고

강연장을 나왔던 기억이 있다.

동창 친구들이 있었다. 정기적으로 만나서 대학 생활 이야기, 직장 이야기할 때 참 좋았다. 비슷한 시기에 거의 결혼하면서 부터 시댁, 육아, 자녀 학원 이야기뿐이었다. 아기 응가로 두 시간을 이야기할 수 있다는 게 난 그저 놀라웠다. 그 대화 속에서 나는 안드로메다를 체험했다. 화제를 바꾸는 것은 한반도 역사의 물길을 돌리는 것만큼 어려운 일이었고, 듣고 있기만 하자니 참을 수 없는 존재의 가벼움을 견뎌내야 했다. 우리는 동창인가 친구인가를 고민하다 결국 나는 '동창회는 나가는 게 아니야.'라는 결론을 내린 적이 있었다.

먼저 결혼한 친구들은 남은 친구의 상실감을 이해 못 할지도 모르겠다. 나도 그들을 헤아리지 못했듯이 말이다. 결혼 후 만나기 어려워진 친구들에게 나는 말하고 싶었다. 그대들의 '가족의 탄생'이 누군가는 '가족의 상실'일 수 있다고. '친구란 내가 선택한 가족'이라는 측면에서 말이다. 결혼한 친구들의 주말 행사 1순위는 누가 뭐래도 시월드이다. 그러다 보니 2순위는 친정, 3순위는 남편과 외식, 4순위는 남편과 집에서, 5순위는 혼자 휴식, 내 차례는 어감도 별로인 6순위이다.

모든 앞 순위가 비어버리는 기적도 발생한다. 바늘구멍을 뚫고 나온 낙타의 심정으로, 그렇게 오랜만에 만나더라도 짧은 반

가움 뒤에는 반드시 친구 가족의 긴 이야기를 들어야 했다. 시댁, 남편, 자녀 이야기뿐이었다. 자신의 이야기가 없어졌다. 돌아오는 길에 내 양손에는 친구 남편의 근황 한 보따리가 들려 있었다. 아, 그나마 지난번처럼 남편과 자녀를 안 데리고 나온 것을 다행이라 여기기로 했다.

결혼 전에 우리는 책과 시사를 이야기했고 지구, 우주, 우리들 이야기를 했다. '그래, 육아만 끝나면' 하는 나의 기대는 틀렸다. 입시의 헬리콥터가 되어가는 친구들을 보아야 했다.

"부모인가? 학부모인가를 한번 고민해보는 건 어때?"

"대학만을 목표로 하는 공부보다는 스스로 의미를 찾는 자기 주도성이 핵심 아닐까?"

같지 않은 나의 조언이야말로 안 하느니만 못했다. "역시 너는 애를 안 키워봐서 몰라."라는 답변을 듣기도 전에 후회하곤 했다.

나이 오십을 바라보며 지난 시절을 돌아보니 우린 서로 힘든 시절이었다. 나는 나만 보았다. 돌이켜보니 친구들의 만만치 않은 노력들이 있었다. 회사 다니며 집안 살림과 지친 육아에 어떻게든 친구라도 한번 만나보겠다고 남편의 양해를 구한다는 것이 간단한 게 아니란 걸 나는 모르니 말이다.

"그게 왜 어렵지? 부부는 동등한데."

"야, 그게 그렇게 쉽지는 않아."

우리의 대화는 어긋났지만, 아직까지 크게 변하지 않고 서로 연락하고 지내고 있는 지금에 너무 감사하고 다행이다.

친구 이야기는 사실 예민하다. 처음으로 쓸까 말까를 고민했던 이유이다. 혹시 이 글을 읽는 내 친구가 있다면 특별하지도 않은 나라는 사람을 친구로 생각해주어서 너무 고맙다고 말하고 싶다. 70억 인구 중에 나와 연락하고 지내는 내 친구들을 존경한다. 그리고 나는 비혼주의일 뿐 가족이 의미 없다거나 가족 반대론자는 더더욱 아니다.

어느 날 그냥 숨을 쉬다가 생각했다. 다인 가정은 마치 샐러드 볼에 담긴 요리 같아서 하나의 소스로 버무려져 있기 때문에 단독 재료로서의 맛을 내기 어려운, 그 그릇의 본질이 본래 그렇겠다는 것을. 가족 구성원의 일상들은 서로의 두텁고도 깊숙한 교집합으로 이루어질 수밖에 없겠구나 생각했다. 분리가 불가능한 아니, 분리하면 안 되는 중첩된 자아들의 공동체. 더 중요한 것은 그들이 그것을 선택했다는 것이다.

남편의 근황을 나한테 왜 자꾸만 알려주는 걸까? 왜 주말마다 시댁에는 꼭 가는 걸까? 내가 몰라서 그렇지 그것은 친구에게는 가장 자연스러운 거라는 것을, 나는 그렇게 내 방식대로 공감해버렸다. 그리고 친구에게도 '때'라는 것이 있을 테고 나의 긴 안목 없음은 아쉽기만 하고, 인생이란 게 시절에 맡겨야 하는 무언가도 있나보다는 작은 전술을 찾았다고나 할까.

모든 인연에도 질서가 있다고 한다. 시절 인연이 무르익지 않으면 지천에 두고도 못 만날 수 있고, 시절의 때를 만나면 기어코 만날 수밖에 없다고 한다. 그래서 친구끼리 비슷한 시기에 결혼하면 그것만큼 든든한 게 없겠다는 생각도 했다. 마치 내가 국민학교 때 소 키우는 애들끼리, 혹은 고추밭 농사하는 애들끼리 부족처럼 어울리듯 말이다. 그렇다고 비혼주의인 내가 친구 따라 결혼을 할 수는 없는 법.

그리하여 나의 태세 전환이 불가피했다. 다양한 연령대의 사람들과 어울리려 노력했다. 한 사람의 삶은 어떻게 보면 그 사람이 만나는 모든 사람의 이야기라고도 할 수 있으니까. 다양할수록 내 삶이 재미있을 테니까. 그래서 만나는 지인을 범주화하고 카테고리별로 목록 관리를 하고 있다. 정말이지 이 쓸데없는 진귀한 엑셀 작업을 한 지 꽤 오래되었다. 인맥 관리라기보다는 나를 대상화하고 객관화해보고자 하는 나의 이상한 여러 기록들 중 하나이다.

친구 맺기에도 선택과 집중이 필요했다. 실연의 감정을 감당해야 할 진한 우정과 사랑보다는 느슨한 연결고리의 관계도 선호하게 되었다. 정체성이나 취향을 기반으로 하는 그 힘을 믿는다. 어쩌면 가족보다 강력한 팀이 될 수 있지 않을까. 특히, 예비 무연고자 즉 우리 비혼 독거인끼리 어떻게 하면 서로를 준가족의 울타리에 담을 수 있을까를 고민해보고 싶다. 그래서 아주 아주 나중에는 주거방식까지 함께 논의할 수 있지 않을까도 생각해본다.

참을 수 없는
생일의 무거움

얼마 전 나의 생일이었다. 나는 케익 선물 받는 것을 좋아한다. 오글거린다며 그런 건 안 한 다더니만 끝까지 불러준 남자친구의 축하 노래와 5개의 촛불, 달콤한 크림이 혀에 닿을 때마다 떠올랐다.

어릴 적 나의 할아버지 가훈은 남존여비였고, 그 가치를 집도하는 데 전혀 부족함 없는 시스템이었다. 그 수혜자는 당연히 나의 두 오빠였다. 오빠들의 생일상과는 다르게 할아버지, 할머니, 아빠에게 내가 태어난 날은 그저 깃털처럼 많고 많은 날과 다를 게 없었다. 호적의 내 생일도 실제보다 한 해가 늦고 날짜도 안 맞다.

출산 당사자인 오로지 엄마만이 내 생일을 알아주었다. 나는 마치 소리 없는 악기, 진원지를 모르는 강물 같았다. 급기야 나는 엄마의 기억력마저도 의심하는 지경까지 되었다. 아무도 관심 없는 내 진짜 생일, 정확한 내 생일을 찾는 것은 나에게는 실존의 문제였다. 내 자아에 문신을 새겨버리고 말겠다는 마음으로 엄마에게 묻고 또 물었던 기억이 난다.

"엄마, 배 아파오기 시작할 때가 눈이 온 거로 봐서 대충 그날이지 아마…. 이런 거 말고 실제로 나를 낳은 날이 그때 달력으로 정확히 언제야? 그날 맞아? 맞는 거지? 진짜지?"

할아버지 왕국을 벗어나 내 생일을 주장할 수 있게 된 곳은 첫 사회생활인 국민학교였다. 새 학기가 시작되고 4~5월 정도가 되면 친한 멤버가 삼삼오오 만들어지면서 꼭 하는 것이 있었으니, 그건 생일파티였다. 문제는 내 생일이 항상 겨울방학이라는 데 있었다.

생일파티 이벤트란 게 봄여름에 초절정이고 가을을 지나면 꼭 한두 멤버의 갈등으로 조직이 위기였다가 곧 봉합되지만, 겨울방학과 동시에 그 모임은 거품처럼 사라졌다. 학년마다 반복되는 데자뷔였다. 박수쳐주는 친구들 속에서 나도 촛불을 불어보고 싶었다. 그 상상을 얼마나 했었는지 모른다. 커서 돈을 벌면 내 돈으로 케이크를 실컷 사 먹고 싶다는 생각도 했었다. 생일이란 것이 싫어졌다. 차라리 생일 따위 없었으면 좋겠다고 생각한 적도 있었다.

직장에서는 연초에 직원 복지 향상이라는 정책으로 생일인 직원에게 케이크가 지급된 적이 있었다. 예산 문제이거나 경영 사정이거나 암튼 추석 연휴를 기점으로 변질되거나 사라지곤 했다.

'회사가 일하는 곳이지, 왜 쓸데없이 개인 생일은 신경을 쓴답시고…? 하려면 제대로 하던가.'

연말 겨울 생일인 자의 비애는 그렇게도 반복되었다.

계절 리스크만이 아니었다. 옛 남편과는 서로 생일이 하루 차이라 같이 미역국을 먹는 운명이었고, 얹혀가는 나는 주인공이 아니었다. 내 생일을 늘 까먹는 남자 친구에게 유쾌하게 늘 같은 말을 했다.

"괜찮아. 괜찮아."

그런데 진짜 괜찮아하더라는... 내가 먼저 말하면 되는데, 상대도 그것이 더 편할 텐데, 나는 왜 그걸 못했을까. 그래서 한때는 내가 먼저 의식적으로 잊어버리려고 노력했더랬다.

새 달력을 바꿔 걸으면서, 가장 먼저 마지막 장을 찾아 내 생일 날짜에 동그라미 치던 짓을 하지 않기로 했다.

"그게 뭐 대수라고. 4년마다 오는 월드컵도 아니고 해마다 오는 생일을 뭘."

그러다 보니 진짜 나도 내 생일이 지나서야 알기도 했다. 진짜 아무렇지도 않은 건지, 속으로는 쓸쓸한 건지 나도 잘 모르겠다. 이 무거움이 싫다.

안 아픈 날만큼 아픈 날도 비등비등하게 많아지는, 나는 이제 나이 오십을 바라보게 되었다. 생일이라는 게 꼭 축하받아야 하는 날인지는 이제는 솔직히 모르겠지만 딱 딱 삶의 마디 맺음을 치르는 건 좋은 거라는 차원에서 한 해 한 해 내 생일을 재밌게 치러야겠다는 생각을 했다. '나 아니면 누가?'라는 생각으로.

가볍게 가자. 우선은 1인 가족의 필수 동반자인 친구들에게 바로 전화를 했다. '놀아줘'라는 질척거림과 '나는 가족이 없으니 너희랑이라도 해야겠다.' 라는 강매 권유의 두 어조를 넘나들며 보험약관처럼 읊어댔다. 먹고사는 일로 바쁘더라도 서로 생일즈음에 만나서 축하받고 축하해 주자고, 특약으로 케이크는 꼭 필수라는 것도 말이다. 생일 명분으로 인한 고정적 만남이 우리의 우정을 더 알차게 지속시켜줄 거라는 전망까지 해주었다. 친구들은 찬성이었다.

이번에는 나처럼 혼자 사는 친구에게 전화를 했다.

"친구야, 너 생일이 3월 며칠이더라?"

"생일은 왜 갑자기? 나는 그냥 매일매일이 내 생일이다. 매일 다시 태어나거든. 하하하."

아니, 이럴 수가! 멋있었다. 저렇게 쿨할 수 있는 거구나. 내가 잠깐 부끄러웠다. 그럼에도 생일 동맹 협정을 들이밀었다.

"너 꽤 멋있는 걸. 그런데 우리 지금도 좋지만, 생일만은 우리 서로 챙기는 거 어때? 우리가 자식이 있냐? 남편이 있냐? 혼자 나이 먹고 아프고 외롭고 할 건데 너, 나 몰라라 안 할 거잖아? 나는 너 몰라라 안 할 거거든. 하하하."

"그래, 좋은 생각. 돌아오는 생일부터 꼭 만나자. 나 생일인 봄엔 네가 올라오고, 겨울엔 내가 내려감세. 우리 사실 매번 만나자 만나자 하고는 못 봤지. 생일이라는 핑계를 삼아서 얼굴 볼 수 있는 건 좋은 아이디어다. 그렇게 계속 우리 할머니 돼서도 서로 돌보자."

문고리 펜팔

벌써 대략 20년 전이다. 그 유명한 미드 「섹스 앤 더 시티」는 가까이 지내면서 여차하면 뭉쳐서 위로와 축하와 응원을 해주는 잘 나가는 뉴욕의 네 여자 친구들 이야기다. 내가 생각하는 이상적인 친구관계의 한 모습이라 굉장히 재밌게 보았었다. 국내 드라마 「슬기로운 의사생활」, 「멜로가 체질」, 「디어 마이 프렌즈」 역시 가족보다 더 끈끈한 우정의 이야기며 나의 인생 드라마들이다.

저녁을 먹고 나면 허물없이 찾아가 차 한 잔을 마시고 싶다고 말할 수 있는 친구가 있었으면 좋겠다. 입은 옷을 갈아입지 않고 김치 냄새가 좀 나더라도 흉보지 않는 친구가 우리 집 가까이에 살았으면 좋겠다.

유안진의 「지란지교를 꿈꾸며」는 너무 좋아하는 에세이이다. 학창 시절에 유행이었고, 암송도 했었다. '저녁 먹고 나면 허물없이 찾아가' 나는 이 대목을 제일 좋아한다. 옆 동에 사는 엄마한테 가서 저녁 얻어먹고 왔다는 친구가 제일 부러운 이유이다. 나는 부모님이 멀리 사시기 때문이다.

나는 허리디스크 수술을 했다. 퇴원 후 두세 달을 누워만 지냈다. 누워만 있는 상태로 과연 어떤 일상이 만족도가 높을까? 삶의 질은 떨어질 대로 떨어졌다. 누워서 책 한 장 넘기기 힘든 무기력도 그런대로 버틸만했지만, 제일 힘든 것은 사람이 그리운 것이었다. 건강하지 않고 보니 나의 정체성이기도 한 이 싱글 비혼주의의 쓸모를 심히 고민해봐야 하나 싶을 정도였다.

멀리서 엄마가 다녀가곤 했으나 대부분 혼자 지냈다. 근처 지인들은 이미 다 한 번씩은 다녀갔다. 가까이서 허물없이 지낼 친구라던가 이웃이 그렇게 절실할 수가 없었다. 나이가 반백 살이 다 돼가면서 어린애같이 무슨 친구 투정이냐고 할 수도 있겠으나, 그땐 그랬다. 엘리베이터를 타면 만나게 되던 아파트 이웃들에게 지극히 무심했던 것마저 저절로 반성이 되었다. 여하튼 나만 필름이 16배속으로 느리게 돌아가는 무성영화처럼 사는 것 같았다.

생전 나한테는 없을 우울증이란 걸 처음 느꼈다. 19층 베란다 창문을 열고 아래를 내려다보던 그날, 수직 하강 욕구의 그 무서웠던 느낌을 아직도 잊지 못한다. 창밖 에어컨 실외기를 세어보니 대여섯 개가 훌쩍 넘었다. '저기에 머리통이 먼저 부딪히면 얼마나 아플까.' 하면서 문을 부리나케 닫은 기억이 난다. 그 후로 베란다 창은 열지 않았다. 역시 세상은 나에게 관심이 없어, 나한테는 아무도 없구나, 내가 여태 뭐하고 살았나 하며 한없이 침잠해지는 와중에도 내 허리는 아주 조금씩 나아지고 있었다. 복대를 착용하고 아파트 근처 걸음걸이가 가능해졌다.

아파트 단지 산책 정도 가능해지니까 하필 코로나 팬데믹 시대가 왔다. 사상 초유의 한반도 전 국민 집콕 생활이 시작되었다.

"친구, 너 겨우 일주일 못 나가는데도 그 정도지? 다 돌아다닐 때 난 네 달 전부터 이미 자가격리였어. 내가 얼마나 죽겠는지 이제 알겠냐?"

코로나 때문에 못 나가니까 미치겠다는 멀리 전화선 너머의 친구와 답답함 배틀에서 내가 쉬 이겨버렸다.

"안녕하세요. 떡을 가지고 갔는데 안 계시더라고요. 3호에 이사 왔어요."

"진짜요? 언제요? 나 노상 집에 있었는데, 아무튼 다시 주시면 안 돼요? 저도 떡 주세요~"

그러던 운동하기 좋은 어느 봄날, 아파트 복도 엘리베이터 앞에서 새댁 정도로 보이는 여자가 말을 걸어왔다. 내 대답은 다급할 수밖에 없었다. 벌써 엘리베이터는 1층에 도착해 문이 열렸고, 얼른 서로 가야 될 길을 가야 했기 때문이다. 문이 닫힐 때인가 나는 손까지 덥석 잡고 말았다. 이런 무례할 데가 있나. 나를 떡 못 먹어 환장한 이상한 사람으로 생각할 수 있을 것 같았다. 그러니 기대는 하지 않았지만 내심 또 기대도 했다. 요즘 눈 씻고 찾기 힘든 '이사 떡을 돌리는 사람'이라면 분명 좋은 사람일 테니까.

이틀 후 아파트 문고리에 작은 가방이 걸려있었다. '안녕하세요. 3호예요.'로 시작하는 예쁜 메모에 떡을 맛있게 먹는 방법도 써주었다. 입꼬리가 귀에 걸렸다. 보답이 될 만한 게 뭐 있나 집을 둘러보니 마침 저만치 와인 한 병이 자신이 선택될 걸 아는 것처럼 나와 눈이 마주쳤다.

"떡 고마워요. 이거 드세요."

"이삿짐 때문에 집이 엉망이라 들어오시란 말도 못 하네요. 짐 정리 다 끝나면 차 한잔해요."

"저는 혼자니까 언제든 커피 한잔하시러 오세요."

두 번째 만남도 그렇게 짧았다. 어디서 이사 왔는지? 가족은 어떻게 되는지? 강아지 짖는 소리가 나던데, 어떤 강아지인지? 현관문 밖에 서서 그 질문을 다 해댈 수는 없는 일이고, 더구나 초면이나 다름없는데 "제가 아파트 친구가 필요해요. 저랑 친구 하실래요?" 할 수는 없었다. 그래도 시작이 좋다.

그러고 며칠이 지났다. 이젠 어쩐다? 어떻게든 천천히 자연스럽게 친구가 되고 싶었다. 식빵을 샀다. 보편적인 먹거리라 부담 없이 딱이다 싶었다.

'안녕하세요. 3호님. 제가 식빵이 많이 있어서요. 커피랑 맛나게 드세요.'

일부러 샀다는 티가 안 나게 써서 메모도 넣었다. 복도를 지나 3호 문고리에 걸어놓고 왔다.

얼마 후 또 내 문에 작은 가방이 걸렸다. 내가 혼자 산다고 해서인지 밑반찬이 들어있었다. 생선이었다. 다음에는 나물무침. 족족 먹어 치우는 음식만큼 내 벽에 붙여놓은 그의 메모가 줄줄이 비엔나처럼 길어졌다. 손글씨 쓰는 감성도 어쩜 나랑 맞지 하며 혼자 설레발을 쳤다. 그렇게 몇 번을 더 오작교 건너듯 아파트 복도를 넘나들며 문고리 펜팔을 했다. 서로 연락처를 아직 모르니 이게 최선이었고, 나름 즐거웠다. 복도에 정리

안 된 이삿짐들이 점점 줄어드는 걸 보는 게 꼭 적금 만기가 다가오는 기분이랄까.

그렇게 두어 달이 지난 어느 날, 수줍은 노크 소리에 문을 여니 3호님이 과일을 들고 배시시 웃으며 서 있었다. 우린 드디어 제대로 만났다. 이삿짐 정리가 오래 걸렸던 사연과 무엇보다 코로나로 온 가족이 유례없이 집에 있다 보니, 끼니 해대느라 이래저래 짬이 안 났었다는 이야기를 들을 수 있었다. 우린 친구 하기로 했다.

친구는 처음에 엘리베이터에서 내가 손잡은 것이 기억 안 난다고 했지만, 우리는 친해지는 데 하루면 되었다. 친구의 강아지와 나의 고양이도 상견례를 마쳤다. 내가 몸이 아플 때는 영양제를 챙겨주었고, 친구의 반찬은 여전히 맛나다. 나는 부엌 살림을 잘 안 하니 농산물이 생기면 살림하는 친구에게 줄 수 있어서 좋다. 또한 그 사이 내 허리가 회복되는 걸 가까이서 다 지켜봐 준 친구다.

벌써 내가 첫 떡 가방을 받은 지도 일 년이 되어간다. 요 며칠 설 명절 기름 음식을 장만하느라 내내 느끼했을 친구를 생각하니 얼큰한 게 떠올랐다. "짬뽕 먹자."는 한마디에 친구는 한걸음에 건너왔다. 펜팔도 흥미로운 경험이었고, 옆 동에 엄마 산다는 친구가 이젠 부럽지 않다. 내가 꿈꾸던 '지란지교'를 이룬 것만 같아 마음이 좋다. 현대인들은 사생활 때문에라도 일부러 옆집 누가 사는지 알고 싶어 하지 않는다는데, 나는 정답게 유지되길 진심으로 바라본다.

지옥을 맛보다

그날 그것은 육체가 절단나는 어마무시한 고통이었다. 어떻게 하면 몸이 그렇게 아플 수가 있을까? 지금 글 쓰는 순간에도 그날을 떠올리면 몸서리쳐진다. 남은 생의 통증을 미리 소환해서 몽땅 아파 버리는 거라면 차라리 얼마나 좋을까 생각했다.

중학교 때인가? 야리야리한 여선생님이 하늘거리는 원피스를 입고는 30cm 자를 세워 손등 때릴 때 그 뼈 아팠던 거, 고단하면 어김없이 입안이 허는데 빨간 김치 들어가면서 눈물 핑 돌게 아픈 거, 자동차 문 닫다가 미처 손을 빨리 못 빼서 손톱이 빠지도록 아팠던 거. 택시에 받쳐서 공중 2회전을 하고 떨어졌던 거. 여하튼 이 모두를 합친 총량의 열 배도 그것과는 비교가 안 될 것이다.

그것은 바로 허리디스크 수술이었다. 일명 '추간판 탈출증'이다. 참다 참다 입원을 했고, 휠체어를 엄마가 밀어주며 수술을 위한 각종 검사를 받았다. 엄마가 휠체어 운전이 서툴러 내 발이 벽에라도 닿으면 고통은 끔찍했다. 복도에 "악" 소리를 스테레오로 흘려가며 검사를 다 마쳤으나, 하필 병원 사정으로 수술 일정이 미뤄졌다. 하루를 그냥 더 기다려야 했다. 그래서 금식도 연장되었지만, 그게 뭐 대수일까.

빨리 수술시켜달라는 드라마 속 비운의 여주인공을 이제 알 것 같다. 내 다리는 진통제가 소용없을 정도여서 밤새 신음소리를 냈고, 드디어 수술실로 나설 때 오히려 반가워한 분은 내 신음소리에 한잠도 못 주무셨다는 옆 침상의 환자 아주머니였다. 수술실로 가며 보이는 병원 복도와 엘리베이터 천장은 앞으로 다시 보고 싶지 않은 풍경이었다.

수술 시작하기 전부터 사실 불편했다. 수술 부위가 허리이다 보니, 배에 쿠션을 깔고 산 모양으로 엎드리는 자세여야 했다. 눌린 코는 고개를 돌려서 해결했지만, 문제는 가슴이었다. 누구도 갖고 싶어 하지 않는 풍만한 허리에 잘록한 가슴에도 불구하고 눌린 가슴은 너무 아팠다. 말을 해야만 했다. 이대로 삼

사십 분을 견딜 수는 없었다. 얇은 수건 한 장이라도 좀 깔아주면 조금은 폭신해져서 좋으련만 의사는 좀 참으라는 말만 했다.

어떤 고통이 기다리고 있는 줄도 모른 채 나는 '의사들의 세계란 것이 남성이 많다 보니 여성에 대한 배려는 당연히 부족할 거라는 편견은 하지 말자.' 하는 생각의 여유까지 있었다. 어쨌든 어깨와 턱을 꼼지락거리면서 가슴이 좀 덜 아픈 자세를 취하려다 움직이지 말라는 핀잔을 들었다. 본인들만 수술하기 편하면 다인가. 짜증이 확 났고, 그 시간부로 여긴 추천하고 싶지 않은 병원이 되었다.

하물며 우리 동네 치과에서도 음악방송을 보여주며 긴장을 풀게 해준다. 수술받을 환자에게 시크한 유머와 편안한 미소를 보여주는 의사는 미드에서나 있는 건가? 수술 준비로 자기들끼리 바빴다. 눈 맞춰주는 의사 하나 없었다. 나랑 눈 맞자는 것도 아닌데, 불안한 환자는 그저 실험실 개구리 처지가 된 기분이었다. 수술 시작을 알리는 허리 마취가 이루어졌고, 곧이어 손 망치로 척추를 쳐대는 것 같은 둔탁한 느낌은 불안하긴 했어도 아프진 않았다. 이제 시간만 가면 된다.

지금부터는 신경을 건드려가며 수술이 이루어질 거라니, 그런가 보다 했다. 건드려볼 테니 아픈지 말하라니? 얼마나 어디가 어떻게 아픈가를 말하라는 건지? '아파요', '안 아파요', '예스', '노'로만 대답하면 되는 건지? 확실한 거 좋아하는 나는 좀 자세히 설명해주면 좋으련만 했으나, 조금 전의 핀잔에 주눅이 들어 잠자코 있었다.

일단 해보면 알겠지 했다. 확실한 거 좋아해 봤자 소용없었다. 까무러치는 줄 알았기 때문이다. 국소마취를 하는 이유는 내시경 수술이라 부위가 작아서라고 했다. 아무래도 그건 아닌 거 같다. 내가 얼마나 아픈지 말해줘야 하니까 전신마취를 안한 거 아냐, 딱 그 선에서 의학이 발전을 멈춘 게 분명하다. 내 생각도 거기서 멈추어버렸다. 속은 느낌이었다. 건드리면 안 될 것, 마치 뇌관을 건드려 폭발시켜놓고는 아프면 말하라니 기가 막히고 코가 막혔다.

내가 그렇게 크게 비명소리를 낼 수 있는지도 그때 알았다. 하마터면 득음할 뻔했다. 소프라노와 록커의 콜라보, 비명소리와 울부짖음의 하모니가 수술실 밖까지 울려 퍼져나갔다. 너무 울어서 눈물 콧물이 범벅이 되었다. 숨이 안 쉬어졌고, 수술은 잠시 멈췄다. 산소호흡기를 대주었다. 가수 방탄소년단이 콘서트 중에 무대 뒤에서 스텝들이 들고 대기한다는 그 산소호흡기, 춤도 안 춘 내가 산소호흡이 필요할 줄이야. 울음이 그치면 수술은 이어졌고, 또 소리 지르고 또 멈췄다가 그랬다. 나는 무척이나 외로웠다.

의식이 하나의 육체 감각하고만 링크되어 있다는 사실을 새삼 절실히 느꼈다. 철학의 본질이 사유에 있다고 누가 그러던가, 철학의 본질은 육체에 있다. 육체는 스스로 주권도 없다. 육체는 그 자체로서 한계이다. 한계에서 철학이 안 나오면 무엇이 나올까? 언제 어디서부터 내 삶이 삐끗하였기에, 내가 지금 여기에 있나 하는 상념이 훅훅 스친다.

내가 이걸 견뎌낼 수 있을지, 살아서 나갈 수 있을지, 오만가지 생각이 들었다. 만약 내가 일제강점기에 살았다면 친일파는 안될지라도 고문 앞에서는 동지를 제일 먼저 불어버릴 배신자는 될 거라는 평소 농담을 시험받는 것만 같았다. 뭘 불어야 이 고통이 끝날까.

그렇게 산소호흡기를 댔다 떼기를 서너 번 정도를 반복하고 수술은 끝났다. 예상 시간을 훌쩍 넘겨 한 시간 반 정도가 지났다. 회복실에서도 고통의 잔상으로 울음을 그치지 못했다. 엄마 전화기로 내 울음소리를 들은 아빠는 따라 우는 엄마에게 역정을 내는 듯했다. 진통제 더 달라고 하지 뭐하냐는 아빠 목소리가 들렸고, 내 울음은 서러움으로 장르가 바뀌었다. 숨을 쉴 수가 없다고 겨우 말했더니, 간호사는 울음을 그쳐 보라는 탁월한 조언을 해주었다. 여하튼 수술은 끝났다.

입원실로 돌아왔다. 나라고 말할 수 없는 너덜너덜해진 살덩

어리가 누워있었다. 내 육체는 오로지 고통을 느끼는 매개체 그 이상도 이하도 아니다. 이 시간부로 어떻게 해서든지 내 육체에게 다시 권능을 되찾아주리라. 생각하고 있는 내 머리는 분명 나인 것 같은데 내 것이 아닌 게 몸처럼 달려 있는 기분이다. 그 날 밤, 나는 몸이 없는 시체처럼 동동 머리만 잠들었다.

'4인 가족 온기'
알약으로 주세요

아플 때는 엄마 전화도 일부러 안 받는다. 엄마 목소리를 들으면 바로 눈물이 날 테고, 꺽꺽거리며 통화 불가 상태일 게 뻔하다. 그러면 엄마도 따라 우실 테니까. 나이 오십 살이어도 어떻게 할 수가 없는 것은 어찌할 수 없다. 약 먹고 끙끙 다 앓고 나아서 밝은 목소리로 전화 드리면 된다. 그 시간만 모면하는 방식이 혼자 사는 잔병 많은 자식으로서는 최선이다.

아플 때면 다 귀찮다. 혼자 살면서 아플 때가 제일 서럽다는 거에 부정은 안 하겠지만, 혼자 아픈 거에 익숙해서 괜찮다. 드라마처럼 남편이 적신 수건을 이마에 얹어준다거나 자식이 떠다 주는 물컵은 솔직히 부럽기는 한데, 우리 독거인은 그런 거 꿈꾸면 못쓴다.

"나뵈야, 엄마가 아퍼."

집사의 잠긴 목소리에 낯설어하는 고양이의 표정을 나를 안쓰럽게 바라봐 주는 거라고 착각하며 그냥 위로받는다.

"그런데 말이야, 아플 때 진짜로 누가 옆에 있는 것이 귀찮을까? 혼자 아픈 게 정말 편하다고?"

혼자 나에게 질문해본다. 여우와 신포도 같은 건 아닐까? '얼마나 힘드니?' 하며 등을 토닥토닥해주고 살짝 안아주는 포근함 같은 거, 나에게 애초 없을 바에야 그런 케어는 오히려 귀찮다고, 저 포도는 신포도일거야. 방어기제가 작동하는 것은 아닐까? 나약한 마음먹지 말자고 쿠~울하게. 아니 쿠울한 척.

독거인이 다인 가정보다 감기 걸리는 횟수가 많다는 글을 읽은 적이 있다. 다인 가정은 같은 공간에서 서로 주고받는 인간의 온기 자체가 면역력이 되어 잔병치레를 덜 할 확률이 높다는 내용이었던 걸로 기억한다. 일리가 있다고 생각한다. 그래서 혼자 상상을 해본다.

우주인이 끼니를 알약으로 먹을 거라는 이야기가 있지 않나. 먼 미래에 가족의 온기도 약국에서 알약으로 살 수 있지 않을까. 엄청 몸살기가 있거나 힘들어서 골병들 거 같은 날, "4인 가족 온기 주세요." 그 약을 먹고 잠들면 나는 아침에 다 나아서 깨어나겠지. 왜냐하면, 이불을 추켜올려주고 번갈아 옆에 앉았다 가며 밤새 나를 걱정하는 그 4인 가족 온기를 고스란히 느꼈으니까. 그런 효과 말이다. 혼자 아플 때 이루어지는 상상이었으면 좋겠다.

나에게는 사실 그 상상의 알약이 있다. 어릴 적 아팠을 때인데 엄마는 내 이마를 짚어보고는 밭일도 못 가고 비싼 과일을 사 오셨다. 누가 봐도 아픈 나를 먹이려는 것이다. 누워있는 내 옆에서 엄마는 과일을 까고, 오빠들은 이것만은 자기 것이 아니란 걸 알면서도 넘어가는 침은 참지 못하는게 느껴졌다.

"엄마, 동생은 아프니까 사과 살로 줘."

큰오빠는 사과 속 씨 부분을, 작은오빠는 껍질을, 그렇게 오빠들은 사과 살을 나에게 양보함으로써 오빠 노릇을 해주었다. 아픈 날만큼은 오빠한테서 우선순위를 부여받을 수 있었고, 그나마 가족 속에 있어야 아픈 사람의 실존적 권위가 상대적으로 높아지는 것이었다. 내 이마에 닿았던 엄마 손의 온기와 그날 사과 맛의 기억과 오빠들의 양보가 나에겐 아플 때마다 꺼내 먹는 '4인 가족 알약'인 것이다.

고통 속에 허리디스크 수술이 끝났다. 2~3일 정도를 꼼짝하지 않고 누워있어야 해서 화장실 갈 일을 그 상태로 해결해야 했다. 선택은 기저귀와 침상용 변기 둘 중 하나. 기저귀는 누운 채 옆으로 굴러야 하고, 변기는 허리를 들어야 한다. 목적은 같으나 매뉴얼이 상이한 두 디바이스가 주어졌다. 두 개를 다 들고 온 간호사는 바로 실습에 들어갔다. 기저귀 착용과 교체 작업은 엄마와 나의 환상적인 협업이 필요했다. 나는 누운 채 옆으로 90도를 굴러 잠시 기다렸다가 반대로 다시 굴러 바로 눕기만 하면 상황은 종료, 상상되는 그 모든 구질구질한 일은 엄마의 몫이었다. 대체 엄마가 아니면 누가 이 일을 해줄까. 엄마한테 미안했다.

"뭐가 미안하다고 그래. 나는 아무렇지도 않아. 왜인지 알아? 엄마니까. 엄마는 그런 거."

내 기저귀를 갈고는 아무 일 없었단 듯이 병실 텔레비전을 이어서 보는 엄마, 그러고는 병원 밥을 맛있게 먹는 엄마. 생각이 많아진다. 나도 자식이 있다면 내 엄마처럼 할 수 있을까. 아플 때 누가 옆에 있어 준다는 게 이렇게 눈물 나게 감사하다. 너무 아주 오랜만에 그 옛날 사과 맛을 다시 느꼈다. 또 그게 엄마라서 가능하다는 것도 더불어 깨달았다.

엄마가 없다는 것은 어떤 마음일까? 감히 내가 그 마음을 헤아릴 수 없다. 엄마한테 짜증 날 때 한 친구를 붙잡고 하소연을 하곤 했다. "그래도 엄마한테 잘해라."라고 진실한 한 문장을 말해주는 언니 같은 친구, 그 친구는 엄마가 없다. 가만히 생각하니 나는 정말로 잔인하지 않은가. 언제 기회가 되면 정말 미안하다고 말하고 싶은데, 어떻게 말을 꺼내야 할지 모르겠다.

3일째부터 잠깐 앉을 수 있고 직립보행도 가능해서, 기저귀와 작별한 것만으로 사람다워졌다. 수술 결과를 확인하기 위해 MRI 검사를 했다. 결과 들으러 진료실까지 가는 길은 걸음이 서툰 나에게 철인 3종 경기 같았다. 레이저빔에 닿으면 경보장치가 울리듯, 박물관 도둑처럼 병문안객들을 피해서 조심스럽게 복도를 지나야 한다. 그다음은 수직 운동하는 엘리베이터에 재빨리 몸을 실었다가 점점 날씬해지는 문틈으로 무사히 빠져나와야 한다. 그리고는 병원복과 사복이 마치 상복의 흰색과 저승사자의 검은색처럼 극명하게 대비되는 슬프고도 번잡한 로비를 지나야 비로소 골인 지점이다.

"걸어댕기게 해 줘서 너무나 감사합니다. 으사슨상님."

"어르신, 내가 걷게 해준다고 했잖애. 이제 살살 운동하셔야 해."

"근디요, 아직 나가 발톱을 못 깎어라, 수그리딜 못한당께."

"아이고, 어르신, 발톱은 아드님한테 깎어야지."

내 앞의 할머니와 의사의 이야기가 아직이었다. 반말과 존댓말이 섞인 흔한 의사의 말투. 할머니는 걷게 해준다는 의사를

177

마치 예수 대하는 것도 같았다. 아니 반대일지도. '내가 걷게 해주리라.'는 의사의 멘트야말로 '나는 예수다.'일지도 모르겠다. 나는 아드님이 없으니 내 발톱은 어떡하지라고 생각하는 중에 다음날 퇴원해도 된다는 말을 들었다.

오로지 엄마한테만 의지하고 엄마와만 지낸 병원에서의 열흘이었다. 살짝 걸어 다니니 식욕도 불타올랐고 집에 가고 싶어졌다. 우리 냥이들이 너무 보고 싶었다. 또 언제 그랬냐는 듯이 엄마한테 짜증 내는 못된 딸로 돌아가고 있었다. 엄마는 항상 같은 모습인데, 나만 혼자 착한 딸 했다가 못된 딸 했다가 정말이지 내가 봐도 못 봐주겠다.

좌나뷔 우벙벙과 함께

　누우니 하늘이 보였다. 전주 하늘부터 군산 하늘까지를 다 보
았다. 택시 뒷자리는 꽤 흔들렸지만, 퇴원이라 좋았다. 하늘을
보며 나 지금 항공 퇴원? 웬 호사인가 생각했다. 언제 들어도 불
편한 내비게이션의 여성 목소리는 지금 내가 보고 있는 저 하늘
이 어디쯤인지 알려주느라 열심이다.

　열흘 만에 내 집에 왔다. "띠리릭~" 고양이 두 마리의 환영 인
사는 오랜만에 나타난 집사에게 투쟁하는 격한 시위 현장을 방
불케 했다. 나의 고양이 '나뷔'와 '벙벙이'는 곧이어 투쟁이 투
정으로 온도가 바뀌었고, 어찌나 치대던지 나만큼 외로웠을 생

각에 눈물이 났다. 미안하기도 했다.

뭐든 혼자 해결하는 편이다. 남에게 부탁을 잘 못 한다. 도움이 필요할 일을 만들지도 않거니와 부탁할 생각조차 안 해 버린다. 그날도 사료와 물은 넉넉히 놓아두었는데 고양이 화장실은 방법이 없었다. 어떻게든 고양이들이 잘 버텨주기를 바라며 굳게 문을 닫고 집을 나왔었다.

병원 침상에서 마침 연락 온 친구에게 어렵게 부탁을 해보았다. 입원을 일주일 예상했기 때문에, 두 번 정도만 다녀가 주길 부탁했다. 그 친구는 그만 중간에 사정이 생겼고 엎친 데 덮친 격으로 나의 입원이 길어졌고 해서, 냥이와 응가의 피치 못할 동거가 길어졌다. 사실 2~3일 치 응가가 쌓인다는 건 있을 수 없는 일인데, 이런 부탁할 친구 하나 없이 난 여태 뭐 하며 살은 것인가?

사료와 물그릇은 언제부터 비었던 걸까. 응가의 푸짐함은 물론이고 길냥이도 이렇지는 않겠다 싶을 정도로 아이들은 거지꼴이었다. 아니, 얼굴에는 상처까지 있는 게 아닌가. 분리 불안스트레스 때문에 아마 둘이 격전을 벌인 듯하다. 표정도 화가 나 있었다.

물부터 주었다. 벌컥벌컥 물을 마시고 주린 배를 채우고서야 냥이들 눈동자에 노곤함이 보였다. 나야말로 누워야 했다.

냥이들이 따라 올라와서는 더 이상 떨어지지 않겠다는 듯이 내 양 옆구리에 찰싹 붙어있다. 이것은 우리의 진정한 삼위일체 대형이다. 좌나뷔 우병병, 우리는 밤새도록 그렇게 꼼짝하지 않았다.

너무 편안했다. 내 집이 이렇게 좋을 수가…. 천장의 싸구려 벽지 무늬가 마치 천재 화가 폴락의 액션 페인팅처럼 보일 지경이었다. 바야흐로 사방이 명화인 것이다.

입원하러 가는 날, 나는 자못 비장했었다. 전투를 앞둔 병사가 내무반 정리하듯이 꽤 쓸고 닦았다. 서지도 못하고 다리를 질질 끌고 댕기면서 뭘 그렇게 하냐고 엄마는 성화를 냈다. 멀쩡한 몸이 되어 돌아왔을 때 집이 호텔 같았으면 좋겠다는 생각을 했다. 여행을 마치고 돌아온 사람처럼 깨끗하고 정돈된 호텔 방에서 쉬고 싶었다.

그러면서도 그때 내 심정은 속상하기가 이루 말할 수가 없었다. 어쩌다 난 수술하러 가는 날 아침에 청소를 하고 있는 것일까. 돌이켜보면 이 디스크 수술은 예정된 일일지도 모르겠다. 근 일 년을 몸을 혹사하다시피 많은 활동과 밤샘 컴퓨터 작업을 해왔다. 서서히 다리가 저려왔고 운동과 각종 병원 투어는 어느 하나 차도가 없었다. 모든 정황이 수술이란 한 곳을 가리키는 막연한 느낌 끝에 결국 나는 울며 아빠에게 전화를 하고

181

야 말았던 것이었다.

허리디스크는 재발률이 높기로도 명성이 자자하다. 이제 회복이 중요하다. 허리 숙일 일 없도록 어지간한 집 안 세간살이들은 모두 가슴높이로 올려야 했다. 그리고 손이 무슨 심뽀인지 뭐든 잘 떨어트린다. 인쇄 상태가 정말 조악한 병원의 회복 매뉴얼을 보면, 주울 때는 무릎을 굽히라는데 며칠만 해보면 무릎도가니가 나갈 것 같아 못할 짓이었다.

그래서 생각해낸 것이 바로 '집게'였다. 아파트 뒤 하천 쓰레기 주울 때 쓰던 긴 집게를 다시 꺼냈고, 철물점에서 세 개를 더 샀다. 앞뒤 베란다에 하나. 부엌에 하나 욕실에 하나를 비치했다. 바지를 입고 벗는 일은 옷가게에 있는 고리가 달린 긴 작대기가 딱이었다. 집게와 작대기와 함께 하는 완전 신세계였다. 역시 '호모 파베르'다.

발가락 양말 신기가 가장 난제였다. 손가락이야말로 어떤 도구로도 대체할 수 없는 엄청난 신체기관이란 걸 체험했다. 침대에 누워 손가락이 발에 닿도록 몸을 옆으로 활처럼 휘어서 기기묘묘하게 신어야 했다. 머리 감는 건 또 어떻겠는가. 내가 가야 할 길은 최대한 안 씻고 가능한 안 갈아입는 것이었다.

눕는 생활에 최고의 반찬은 스팸이었다. 대충 구워서 밥 위에 얹어 침대에 올려놓기, 거기까지였다. 내 허리로 서서 할 수 있는 것은. 누워서 먹는 스팸은 하루 세 끼가 다 맛있었다. 손주가 태어난 날 "건강해야겠다." 하며 딱 끊었던 우리 아빠의 그 담배처럼, 나도 어느 날 "건강해야겠다." 하고 끊었던 너를 이렇게 다시 만나는구나.

'어려울 때 친구가 진짜 친구다.'는 상투적이지만 또 이만큼 적절한 비유도 없지 않나 실감했다. 친구들은 각자의 방식으로 위로와 보탬이 되는 무언가를 보내주었다. 가까이 사는 친구들은 와서 나의 수술 스토리를 다 들어주느라 고생 좀 했을 성싶다.

큰 고통을 겪고 나면 대상이 없는 어떤 감정의 앙금이 있다. 수술 부위는 아물었어도 기분 나쁘게 여운처럼 존재하는 '마음의 내상' 같은 것? 그냥 서럽다. 그걸 속으로 깊이 삭이거나 훌훌 털 심성이 나는 못 된다. 맺힌 그 무언가를 친구나 붙잡고 풀 의도는 아니지만, 또 이야기하자면 풀어지는 게 있는 것도 사실이다. 햇빛이 닿아야 쌓인 눈이 녹아내리듯 말이다. 그래서인지 같은 이야기를 매번 반복해도 질리기는커녕 또 그다음 그다음 이야기도 나는 더 할 수 있는데, 더 이상 아무도 찾아오지 않는 현실에 외로웠다.

이 작은 아파트와 누워만 지내는 혼자의 시간은 빠져나갈 수 없는 미노타우로스의 미궁 같았다. 누워서 하는 독서도 만만치는 않았다. 출구 없는 고립감 속에 손톱만 한 어떤 의욕도 안 생긴다. 젖은 모래 속에 빠져있는 것 같은 날의 연속이었다. 이제나 와줄까 저제나 와줄까. 그들의 시간을 욕망하고 그리워하고 아쉬워하고 서운해하는 나는 상사화가 되어가고 있었다. 그리움을 토하며 날마다 길어진 꽃술. 뭐든 혼자 해결했고, 또 그렇게 사는 게 나답다고 여겼으면서 정작 혼자 해결 못 하는 무언가를 끌어안고 우는 내 모습이 꼭 이파리 없는 꽃… 같다.

아프다,
고로 나는 존재한다

건강한 몸을 가진 자가 아니고서는 조국에 충실한 자가 되기 어렵
고, 좋은 아버지, 좋은 아들, 좋은 이웃이 되기 어렵다.

– 페스탈로찌

나는 늘 아프다. 내 몸이 감옥 같다. 나는 내 몸에서 징역살이
를 하고 있다. 가석방도 없는 종신형의 형벌이다. 처음부터 타
고난 약골은 아니었다. 학원 강사할 때, 천성이 말소리가 크고
목 관리에 소홀하니 목감기를 달고 다녔다. 그 후로도 꾸준히
성실하게 아픈 덕에 어느 날 아침에 눈을 떠보니 저 체질에 저

체력의 아이콘이 돼 있었다.

봄과 가을은 환절기라서, 여름은 에어컨 때문에, 겨울은 찬 공기 때문에 다 각각 마땅한 원인으로 감기를 달고 산다. 내 조국은 아름다운 금수강산, 사계절이 뚜렷한 살기 좋은 대한민국. 금수강산이 아름다운 건 동의하나 사계절이 살기 좋다는 건 반은 맞고 반은 틀린 말이라 동의하기 힘들다.

내 사전에 제일 싫은 말 세 가지를 꼽으라면 첫째 '감기', 둘째 '야근', 셋째 '감기 걸린 날 야근'이다. 내 감기의 의학적 명칭은 아마 '상열하한증을 동반한 환절기성 찬 공기 알레르기에 따른 만성 비염 갱년기 감기' 정도 되시겠다. 나만 아는 병. 나니까 아는 병. 신상 몸을 쿠팡에서 부위별로 구매하여 교체하고 그런 거, 하고 싶다.

차라리 다시 태어나는 게 빠르지 않을까. 새 몸 새 세상. 생각만 해도 이두박근, 삼두박근, 승모근이 돌림 노래하듯이 돌아가며 불끈불끈한다. 아픈 데가 싹 고쳐져서 나오는 캡슐인가 그것도 나쁘지는 않은데. 아이고, 영화를 너무 많이 본 게야. 좌우지간, 불가능한 꿈을 상상해본다.

그래, 어르고 달래서 잘 고쳐 써야지. 버킷리스트 마지막 번호에 장기 기증과 시체 기증을 적었었다. 아직 실천한 것도 아니지만 보람되고 뿌듯했다. 하지만, 지금처럼 꾸준히 아팠다가는 뭐 하나 남겠나 노파심이 안 들 수가 없다. 왜냐면 내 병에는 관성과 가속도의 법칙이 작동하니까.

사실은 이 사회가 허락한다면 기증보다는 풍장이 더 내 취향이다. 생의 마침표로 그만한 세리머니가 없지. 아름다운 에코시스템, 대자연의 착한 순환. 어쨌거나 바람 끝에 벚꽃 묻어나는 어느 날에, 나는 내 몸을 풍장하고 싶다. 이 글을 마치고 어제처럼 불면증이 찾아오면 난 국민청원을 하리라.

'나에게 풍장을 허하라.'

직장생활에서도 아프다는 건 여간 눈치 보이는 게 아니었다. 직장이란 곳이 본래 업무평가라고 쓰고 이미지평가라고 읽는 곳이 아닌가. 그래서는 아니지만, 나는 불도저처럼 야근했고, 내 한몫 이상의 일 처리를 해냈다. 마치 '한강의 기적' 같은 내 병의 눈부신 발전과 성장에는 야근의 공로가 지대하다. 밤에도 일을 하게 해주신 에디슨 형님은 후손 야근인들의 원망을 그 어찌 다 감당하고 계실꼬? "또 야근?"보다 제일 듣기 싫었던 말은 "또 아파?" "아직도 아파?"였다. 대체 이 감기는 지난주 그 감기인가? 아니면 다 낫고 다시 걸린 새 감기인가? 됐고, 제발 신경 꺼주길 바란다.

입사 후 첫 연차 휴가를 쓸 때가 생생히 기억난다. 아, 오해는 하지 말아 주시길. 결코 아플 때마다 휴가를 그렇게 노상 쓰지는 않는다. 아픈 만큼 성숙해지지 않는다는 것과 하루 쉰다고 결코 낫지 않는다는 것은 이미 학습효과로 아니까 말이다. 차라리 출근하는 것이 더 효용이 있다. 하지만 그날은 정신 못 차릴 정도로 죽겠는 날이었다.

"낼 쉰다고?"

"넵. 대리님."

"왜?"

"넵. 제가 몸이 안 좋아서요."

"덩치는 소도 때려잡겠는데."

대리님의 마지막 말씀은 혼잣말인 듯 혼잣말 아닌 혼잣말 같았다. 이 언어폭력의 본질은 무엇인가? 직장 갑질인가? 외모 비하인가? 성희롱인가? 동물 비하인가? 나한테 때려 잡힐 운명의 그 소는 또 무슨 죄란 말인가? 그냥 잡는 게 아니라 '때려' 잡는다는 그 친절한 디테일에 나는 그만 사무실 콘크리트 바닥을 뚫고 아래로 한없이 사라져 버리고 싶었다.

몸이 안 좋은 날은 밖을 나와도 아프고, 들어가도 아프다. 집에서 누워있자면 드는 생각이 "이래저래 아프긴 마찬가지이니 어차피 아픈 거 돌아다니기라도 하자." 하고 적극 외출도 해본다. 시동 걸고 출발해서 첫 신호등 아래쯤이면 어김없이 홍수 같은 땀에 바로 후회한다. 본디 갱년기란 스스로 그런 것. 에효,

집 놔두고 뭐더러 나와서 고생이람. 그래도 엑셀은 밟으라고 있는 법, 컴온~렛츠 고~. 외출해서 만나게 되는 내 조국 대한민국 시민들은 내 옷차림으로 인사하는 것을 참 좋아한다.

"그렇게 춰요?"

"얼어 죽네."

나는 각양각색 톤의 같은 말을 입 앙다물고 들어야 한다. 그냥 저 사람 추위 잘 타는가 보네 하면 안 되나.

한 친구는 회사 다니면서 남편 건사하며 자식 키우고 가사노동 전담에 성질 고약한 친정엄마 병시중, 그러면서 야간대학교도 졸업했다. 게다가 블로그도 열심히 한다. 미스테리한 것은 이 친구야말로 살아서 걸어 다니는 종합병원이란 사실이다. 친구는 대체 그 많은 걸 어떻게 해내는 걸까? 그 바쁜 와중에 손오공의 분신술까지 터득하다니. 대체 그 학원은 어디 있는 거지? 출근할 직장도 없고 딸린 식솔까지 없는 내가 어지간히도 한심해 보일 것이다. 허나 어쩌랴, 남의 중병보다 내 손톱 밑에 가시가 더 아픈 것을.

'생로병사(生老病死)'에서 '생(生)'은 반세기 전에 완벽하게 모친의 죽을힘 덕분에 임무 완수했고, 지금 나는 '사(死)'로 내달리는 '노병(老病)열차'에 타고 있다. 멈추지 않는 열차이고, 내가 좀 이르게 승차했나 보다. 괜찮다. 생명의 이유는 그저, 살려고 왔고 살았으면 지는 것이니까. 행복하려는 계획이 오히려 인간에게 큰 불행을 가져다주듯이 건강하려는 내 욕망이 내 병을 돋우는 거라며 맥락 없이 갖다 붙여보기도 해본다. 그냥 이 생에선 애쓰지 말자라고도 해본다. 혹시 알아? 포기하면 선물처럼 건강이란 택배가 문 앞에 와있을지. '내려놓음'이라는 놈에게 과하게 바라보는 것도 굳이 안 할 필요가 없다.

오늘도 으슬으슬한 몸과 더 말똥말똥해지는 정신이 서로 화해하지 못하는 새벽이다. 이불을 끌어 잡아당기고 나는 티베트 싱잉볼 연주를 들으며 오지 않는 잠을 청해보련다.

나는
갱년기 얼리어댑터

　'내가 남자로 태어났더라면….'

　매달 그 유혈 낭자한 전쟁에 한 번쯤 이런 생각 안 해본 여자가 있을까. 생리에 대한 나의 첫 기억은 중학교 때 생리대 수업 날이었다. 그때 선생님의 눈동자는 창피해하고 있었다. 남자 선생님이 행여 볼까 불안하여 호기심 많은 여중생들의 피드백 따위는 무시하고 얼른 수업을 끝냈던 걸로 기억한다. 사회가 생리에게 부끄러움과 죄스러움을 권하는 것 같다는 생각이 들어버린 것은 그때인지도 모를 일이다.

　포유류라면 누구도 피해 갈 수 없는 폐경. 나는 전부터 폐경을 일찍이 바랐다. 여성으로서 끝났다는 심리적 상실감 따위는 나에게 없다. 나에겐 필요 없는 임신. 지속적 생리는 단연코 비효율적이다. 호르몬에게 애쓰지 말라고 귀띔한 지 오래. 내가 진작 말했잖아, 난 됐다고. 여하튼, 그동안 고생했다. 이제 나는 35년간 피 튀기는 전장이었던 내 몸을 아기처럼 보살펴야겠다. 이제부터 치를 '늙음'이라는 새로운 잔치를 위해서라도.

사거리 한복판에서 '당당한 생리대'를 퍼포먼스 하는 여고생들의 기사를 보았다. '그래 맞아. 저거지.' 그 선생님이 비교되어 떠오르면서 동시에 드는 생각은 '아이고, 난 이제 다 끝났지롱~'이었다. 허리 수술 날이 하필 딱 생리 날이었다. 상관은 없다. 상관없을 줄 알았다. 수술의 고통이 대단해서일까. 그날 이후로 내 생리는 없었다. 폐경인 것이다. 시험 날, OT 날, 수련회, 물놀이, 여행, 데이트 날들이 그것과 겹치기를 용케 잘 피해왔더니만, 결국 수술 날과 겹치며 대장정의 막을 내릴 줄이야.

모성은 본능? 글쎄, 난 모성은 사회적으로 만들어진 것이며 진화의 산물이라고까지 생각하는 사람으로서, 여성 몸의 일생은 호르몬이라는 극작가가 잘 짜 놓은 생애 주기 시나리오 대본 같다고나 할까. 이런 몸을 배제한 내 자아가 가능할까? 세계와 경험들을 해석하는 데는 나의 정신과 몸이 같이 그 기능을 한다. 나아가 그 몸이 정신을 초월하는 그 특이점을 누구나 어느 정도 다 경험하지 않나.

사춘기부터 나를 지배한 호르몬은 교교한 눈웃음, 탄력 있는 피부와 봉긋한 젖가슴을 장착해주었다. 아이가 예뻐 보이는 성스러운 착각은 내 인식이라기보다 이 호르몬의 농단이지 싶다. 이 이기적 호르몬에게는 번식이라는 위대한 사명이 있다. 1프로의 임신 가능성만으로도 몸 구석구석에다 지원 사격을 해야하겠지. 호르몬의 입장이 있으니까.

어느 날 그 입장을 철회한 것이렸다. 여성들은 안다. 호르몬의 화력이 점점 불규칙해지고 약해지고 있다는 것을. 번식의 불씨는 꺼져가고, 이제 서식지를 포기하고 있다. 전쟁은 끝났고, 피부도 젖가슴도 눈웃음도 서서히 전의 것이 아니게 된다. 호르몬은 안다. 이제 저 입장에서는 쓸모없는 몸이라는 것을. 내 몸이 비로소 호르몬의 지배에서 벗어나 만신창이가 되어 나에게로 왔다.

폐경을 예감하긴 했었다. 갱년기 증상이 첨병대처럼 먼저 찾아왔기 때문이었다. 시작은 꼭 감기처럼 으슬으슬했다. 내과만 드나들며 감기약을 주야장천 복용했다. 워낙에 평소 약골에 감기를 달고 사니 그러려니 했다. 갱년기는 남 일인줄 알았으니까.

이게 갱년기구나 한 것은, 갑자기 줄줄 땀이 흐르고 부터였다. 후끈거리고 열났다가 추워서 벌벌 떠는 사이클이 반복되었다. 바로 알 수가 있었다. 상체는 불이 나고 하체는 얼음물 속에 담긴 것처럼 시리다. 한여름에도 양말을 벗을 수가 없었다. 체온조절 기능은 상실했고, 온몸이 예민해져 있다. 이 냉탕과 열탕 사이를 안 겪은 사람은 진짜 모른다. 몸이 부위별로 지방자치제를 하고 싶은지 로컬을 추구하고 있다. 뜨거운 머리와 땀차는 가슴, 차가운 발. 어느 것이 진짜 나인지 모르겠다. 이게 바로 한 지붕 세 가족.

아파트에 불이 났구나 하고 자다 깨보지 않고는 진정한 갱년기라 할 수 없다. 얼마나 내 몸에 불이 났으면 아침에 눈떠보니 밤새 호러물을 연출한 듯 목덜미가 찢어져있을 정도다. 낮에는 웃옷을 벗어젖히기를 하루에 오만팔천 번은 하는 것 같다. 흐르는 땀과 그 열과 불쾌감에 샤워가 잦아지고 체력도 소모되고 감기 증상은 더 나빠졌다.

지금은 그렇게 안 한다. 한 해 겪고 나니 다스리는 요령을 터득했다. 우선 그 전조 증상을 알아차리는 것이 중요하다. 열이 확 달아오르는가 싶을 때에는 하던 것을 다 멈추고 명상하듯이 가만히 있어야 한다. 흐르는 땀과 열을 그냥 느끼며 나를 바라보는 것이다. 나에게 그리고 호르몬에게 말을 걸며 기다려준다. '그래, 너도 힘들겠다.' 불쾌하지 않다.

닥치니 공부가 필요했다. 나는 약은 복용하지 않았다. 휴식과 독서와 유쾌한 생각과 꾸준한 운동에 애쓴 편이었다. 반드시 에너지를 다 쓰지 않았다. 아침에 눈 뜨면 가만히 누워서 몸을 스캔하며 그날의 활동량을 조정한다. 항상 몸에 집중하고 살피고 아꼈다.

그때 회사를 그만둔 일은 내 인생에 정말 잘한 것 중 하나이다. 출근하고 빠르면 한두 시, 늦어도 두세 시면 어김없이 피로감과 무기력감이 찾아왔었다. 몸이 지하로 지하로 떨어지는 느낌. 눕고만 싶어서 미칠 지경이었다. 표시도 안 났다. 출근은 공포스러웠고 일을 줄일 방법, 퇴근을 서두를 방법이 필요했다. 여름 에어컨과 싸우기 위해 꽁꽁 싸매는 전투복 차림을 보는 직원들의 시선이나 고립감에서 오는 우울까지는 돌볼 여유가 없었다.

"벌써 갱년기면 어떻게 해?"라는 지인들의 반응은 어떻게 몸을 관리했길래 그러냐는 듯한 뉘앙스로 들리기까지 했다. 내가 삶을 통째로 잘못 산 기분까지 들게 한다. 내 앞에 절벽만 있을 것처럼 들리는 것은 기분 탓일까.

절벽 아니다. 나는 오히려 제일 젊은 오늘, 좀 더 체력 있을 때 찾아와 준 것이 나쁘지는 않다고 생각한다. 일거리 먹거리 놀

195

거리 등 전반적인 성숙의 전환, 인간과 삶을 관조하게 되었다. 갱년기의 본질은 누적된 신체의 스트레스인 것이니 자연스러운 것이다. 그동안 너무 지나쳤으니 나를 한 번쯤 돌아보고 이제 제2의 인생을 새로 시작하라는 것이다. 오히려 갱년기와 그 시기 퇴사야말로 나의 제2의 인생에 가장 큰 기여를 했다고 본다. 그래서 완경이라고 하지 않나.

지금 돌이켜보면 너무 아팠지만 좋은 점도 있다. 갱년기 얼리 어댑터로서 친구들에게 선지식을 나름 전도할 수 있었다.

"친구야. 나처럼 아무 준비 없다가 갱년기를 맞이하지 말고 나를 보며 너도 지금부터 몸을 살피렴. 너에게 집중하고 너 자신을 주인공으로 하는 인생 2막 시나리오를 써보렴. 잘 먹고 꾸준히 운동 잊지 말고."

인생은 언제나 꽃이 아닌 때가 없다. 또 다른 꽃을 피우자.

적과의 동침,
에어컨

입추가 지났다. 나는 예민한 비염이라 아침에 함부로 창문을 열었다간 하루를 콧물로 고생한다. 미처 피할 새도 없이 가을이 여름을 덮쳤다. 고 며칠을 못 참고 얼마 전에 나는 에어컨을 샀다. 우리 집에 그분이 오신 날, 에어컨 냉기 세례의 축복보다는 '살까 말까' 매년 여름이면 하던 그 고민에 종지부를 찍은 감격이 더 컸다.

새로운 고민이 생겼다. 에어컨이 없을 때는 가만히 있어도 덥더니 에어컨을 켰을 때는 가만히 있으면 춥다. 에어컨 없을 때는 더워서 죽을 것 같더니 에어컨을 켰어도 움직이면 더웠다.

"찬 공기 알레르기세요. 겨울엔 실내에서 따뜻하게 지내시고요, 여름엔 에어컨 안 좋아요."

환절기마다 달고 사는 감기에 동네 내과에서 들어야 했던 의사의 처방이었다. 코로나 한참 전부터 이미 나의 4계절 마스크는 또 하나의 의복이었다.

에어컨 냉기가 싫어진 건 대략 40대 중반 정도부터인 듯하다. 혼자 운전을 할 때도 에어컨을 틀면 반드시 차문 유리를 살짝 내려서 더운 공기를 섞어야 했다. 문제는 마스크로는 감당이 안 되는 빵빵한 에어컨이었다. 회사를 그만둔 그 해에는 에어컨 피할 데가 없어서 화장실 빈 변기 위에서 잠깐 잠깐 쉬었던, 진짜 눈물 없이 들을 수 없는 추억이 있다. 지금 생각해보면 퇴사 이유의 하나는 에어컨 냉기 때문이기도 하다.

어떤 화학 약품 분자들이 나의 몸을 쓸어대는 느낌. 날카로운 미세한 칼 가루 같은 것이 내 살로 파고드는 그로테스크함. 처음만 시원하지 금방 춥고 열이 나고 머리에서 식은땀이 흐른다. 쌍화탕 한 박스쯤은 데워야 할 것 같은 그 몸살기. 남극 빙산 속에 내가 들어있는 느낌이다.

그런 내가 내 집에 에어컨을 들이다니. 나로서는 적과의 동침이라는 결심을 한 것이다. 작년까지만 해도 나는 선풍기도 남들보다 늦게 꺼냈고, 한 일주일 정도 틀면서 '에어컨을 이제라도 살까?' 고민하다 보면 아침저녁으로 선선한 가을이 오곤 했더랬다.

올해는 진짜 덥고 계속 덥다. 혹시 내가 건강해져서 추위를 잘 안 타는 걸까? 0.1초 기쁜 상상을 했다. 열대야가 20여 일 앞당겨졌다는 뉴스를 안 봤다면 계속 착각했을 것이다. 여하간에 그 뉴스를 명분 삼아 지출을 감행한 것이었다.

운전할 때처럼 역시 집에서도 자연 바람과 섞어줘야 했다. 에어컨을 틀고 베란다 창문을 조금 열어보니 에어컨 냉기가 무용지물이 되고, 닫으면 춥다. 설정온도 28도와 27도라는 고작 1도 사이에도 나의 체감온도는 롤러코스터 같다. 평소 카페에서도 정신 사납게 겉옷을 입었다 벗었다 하는 이유이다. 혹시 엑스맨? 0.1도의 온도차 감지가 가능한 초능력 돌연변이, 인간 온도계? 아니, 그냥 젠장할 체질이로다.

전기세를 아껴보고자 설정온도를 1도 올려 선풍기를 같이 돌려보았다. 주방의 감자 삶는 솥 열기와 에어컨 냉기가 선풍기 바람에 엉겼다. 적도와 남극이 섞이지 않는 회오리가 되어 내 몸을 감싸는 기분이다. 여하튼 에어컨의 설정온도, 세기, 방향, 자연 바람의 비중, 선풍기라는 다양한 옵션을 며칠을 실험해서 나한테 맞는 상태를 찾아내었다. 학생 때에 진작 이렇게 실험했으면, 서울대 가서 과학자가 되었을 것인데 말이다.

"어서 오세요. 여기 에어컨 앞 시원한 자리로 앉으세요."

"아니에요, 가장 안 시원한 데가 어디예요?"

내가 식당으로 들어서면 벌어지는 대화다. 추위를 잘 타다 보니 생활 습관도 바뀌었다. 에어컨 가장 먼 자리, 대중교통보다는 개인 차량, 긴 옷과 담요를 챙기느라 늘 짐이 많다. 많은 여성이 그렇다. 내 친구는 퇴근해서 반드시 온수로 샤워를 해줘야 온종일 강제 복용한 에어컨 냉기가 몸에서 빠져나가는 것 같다고 했다. 에어컨 냉기를 무한대로 섭취가 가능한 아들과 남편에게 거실을 내어주고 작은 방을 서식지 삼는다는 지인의 이야기도 있다.

"왜 모두 이렇게 에어컨을 세게 트는 거지? 에어컨이 약한 작은 공간 좀 해놓지. 여긴 사장이 젊어서 그래. 사장이 나이 들었거나 나처럼 아파본 사람이라면 이렇게 온통 차게 할 수 없을 텐데."

그렇다. 이해의 앞에는 언제나 경험이 있다지 않나. 그 반대일 수는 없다. 사실 나도 예전의 내가 보지 못하던 것이 지금의 나에게는 보이기 시작한 것이다. 겨울에도 냉수 샤워를 했던 내가, 경험이 일천한 지난날의 내가 에어컨을 피해 다니는 나를 상상이나 했겠나.

허리가 아프고부터는 너무 좋아하는 단골 식당에 못 가게 생겼다. 왜냐면 거긴 모두 좌식이라서다.

"디스크 환자를 배려해서 의자와 테이블도 몇 개 있으면 좋을 텐데."

이것은 모든 걸 나 위주로 생각하는 함정에 빠진 것인가? 소수자에 대한 공감의 확장인가? 비만인을 배려해서 지하철이나 야구장 관중석에 대형 좌석 설치를 요구하는 글을 본 적이 있다. 이 사회는 소수 소비자의 성향을 어디까지 공감해줄 수 있을까. 노인, 장애인, 외국인, 임산부에게 불편한 좌식 식당이 의자로 교체되는 사회현상처럼 나 같은 에어컨 불편한 사람, 추위 잘 타는 중년 여성을 배려하여 에어컨이 적게 미치는 공간도 마련해주는 카페와 극장이 언젠간 생길까? 비용 측면의 관점보다는 인간애라는 관점이 상식이 되는 시대가 언젠간 올까?

나는 실버댄스반

열 달 정도가 지났다. 허리디스크 수술 후 이 정도 회복 기간이면 남들은 벌써 건물 벽도 오를 정도이다. 난 타고난 약골이라 이제야 좀 거동이 자유로워졌다. 돌아다니고 싶어 몸이 근질근질했다. 수술 전에 내가 했었던 모든 취미와 문화생활을 되찾고 싶은 마음이 간절했다. 나의 허리 상태에 맞추어 포트폴리오를 다시 짜야 했다. 수술 전 몸담았던 설장구나 봉사활동은 아직은 어려울 듯하다.

지역 정보를 샅샅이 탐색하던 중, 내 동공이 멈추는 기사를 발견했다. 읍사무소에서 운영하는 댄스반이었다. 에어로빅이

나 줌바댄스는 동작이 세서 내 몸으로는 부담스러울 듯했고 라인댄스와 실버 라인댄스 중에 나는 망설임 없이 선택했다.

"선생님, 라인댄스 등록하고 싶은데요?"

"몇 살이신지여?"

"네. 사십하고도…."

뒷 숫자는 듣기도 전에 전화선 너머 선생님은 말했다.

"여기는 실버반이에요. 다 65세 이상이에요."

"네, 선생님. 실버반 알고 연락드렸습니다. 제가 몸이 썩 건강하지 않아서요. 어르신들보다 아마 제가 더 몸치일 것 같아요. 저한테는 실버반이 정말 맞을 거 같고, 이 운동이 너무 하고 싶어요. 선생님. 받아주시면 안 될까요?"

드디어 첫 수업 날. 웃을 때 초승달로 변하는 선생님의 눈은 정말 갖고 싶은 명품이었다. 말씀은 더 명품이었다.

"어르신 여러분, 오늘 처음 온 수강생이 있어요. 보았지요? 근데 젊어. 내가 오라고 했어요. 우리 어르신들요, 할 수만 있으면 젊은 사람하고도 섞여 지내야 좋아. 그리고 무엇보다 운동이 너무 하고 싶다는 말이 진심으로 와닿았어요. 같이 해도 괜찮지유?"

내 부모님 얼굴을 하신 어르신들과 멋진 언니 하고 싶은 선생님 모두 나를 환영해주셨다. 역시 경력직이 무섭다고 어르신들은 이미 몇 년째라서 스텝을 다 외우고 계셨다. 착착 발맞추시는 폼이 예사롭지 않다. 전주곡만 듣고도 들썩들썩 여유롭게 리듬을 타셨다. 유행가 가사처럼 '예상은 빗나가기 쉬울 수밖에.' 실버반이다 보니 스텝이 단조로울 거라는 예상은 빗나갔다.

나는 헷갈려서 쭈뼛쭈뼛 어정쩡하게 따라 하기에 바빴다. 너무 틀려서 창피하지만 신나는 노래가 있어서 연신 입꼬리가 올라갔다. 그나마 아는 노래 '찔레꽃'은 안 따라 할 수가 없었다.

선생님이 뿜어내는 모든 것은 유연하되 짱짱하고, 우아하면서도 마력적이다. 댄스만 하는 것은 아니다. 한 곡 마치고 다음 곡 사이에 선생님의 특급 구호가 일품이다. 오른손 손가락 5개를 쫙 펴서 팔을 앞으로 뻗으며 큰 목소리로 선창을 하시는 게 아닌가.

"우리는 누구?"

'잠깐. 설마, 이 포즈는 마블의 히어로인 아이언맨이 손바닥에서 로켓을 발사할 때의 그것인데, 그렇다면 우리 반 단체 구호가 우리는 아이언맨이다? 와우, 이렇게 신박할 수가.'

상상하는 동안 어르신들은 팔을 뻗어 아이언맨 포즈로 외치셨다.

"우리는 오십이다! 우리는 오십이다!"

"어르신들, 젊고 활기차게 사세요. 처져계시면 보기도 안 좋고 자녀들도 싫어해. 알았죠?"

역시 우리의 위대하신 영도자와 어르신들답다. 이제야 여기가 실버반이라는 실감도 했다. 다음 수업을 기다리는 어느 날, 주춤하던 코로나가 한반도에 다시 창궐하여 우리 실버댄스반은 갑자기 휴강에 들어갔다. 잘 지내란 인사도 없이 헤어진 채다시 개강은 그 후로 한 달이나 지나서였다. 어르신들도 나도마치 해방된 조국에 만세 부르러 나오듯 모두 나오셨다.

"아이고, 이거 한 달 못함께 사는 게 재미가 음써."

"그려, 나이 육십 넘으면 재미난 게 없다더니 진짜여. 근데이거만 재미나."

"나는 그동안 다른 운동해긴 해는디 이것만 못해. 영 지루해당최 못쓰겄어."

춤신들의 주옥같은 추천사 한마디씩이 쏟아져 나왔다. 중간에 청일점 어르신께서 홍삼 캔디 한 봉지를 나눠주셨다. 쉬는시간마저 달달하고 건강하게 느껴졌다. 청일점 어르신은 선생님의 무겁고 큰 스피커를 매번 들어주시는 짐꾼을 자처하시는데, 인심마저 좋으셨다. 나는 출석한 지 몇 번 안 되어 어르신들과 아직 친하지는 않다. 이름 외우는 것도 잘 못 한다. 이제 한분 한 분이 궁금해졌다. 오래오래 좋은 댄스 친구가 되고 싶다.

나한테 맞는 취미를 찾는다는 것은 운전면허 합격한 것처럼 기쁜 일이다. 십 년 전에도 그랬다. 댄스동호회에서 나는 물 만난 물고기였다. 이사하면서 그만두게 되었고 허리가 아프고부터는 운동화만 신어야 했다. '난 이제 댄스는 못 하겠지.' 하며 중고나라에 팔아버린 댄스화가 요새 어른거린다. 그 은색 찬란한 더블 라인에다 도도한 높은 굽. 한때나마 내 정열의 동반자, 그 녀석을 보내려 곱게 포장하던 그날이 생각났다. 떠나보내기 전 찍어둔 댄스화 사진을 꺼내 보며 회상에 잠시 잠겼다. 이렇게 다시 주어진 기회를 놓치고 싶지 않다. 어르신들과 다시 시작할 테다.

외로움의
방지턱을 넘어

　외로움 : 혼자가 되어 적적하고 쓸쓸한 느낌

　고독 : 홀로 있는 듯이 외롭고 쓸쓸함

　사전 검색 결과는 내 생각과 달랐다. 나는 평소에 고독이란 것을 '스스로 선택한 외로움'의 의미로 생각했다. 그리하여 인간이라 하면 삶에 반드시 어느 정도의 '고독'이 있어야 한다고 생각한다. 자기 삶에 한 번도 고독해 본 적이 없는 사람도 있겠지만, 나는 고독할 줄 아는 사람이 매력 있다.

　나와 제일 잘 맞는 사람은 나 자신이라서 혼자 있는 시간을 외롭다고 생각해본 적이 없다. 혼자 외식, 혼자 극장, 혼자 산책, 혼자 노래방, 혼자 등산. 나와 마주하는 내면의 고요를 좋아한다. 생의 끝자락 언젠가는 사랑하는 사람들과 즐겁게 나의 예비 장례식을 치르고 혼자 고독사 하고 싶다. 바람 불면 날이 저무는 것과 같이.

내 안에는 내향성과 외향성이 비슷한 비율로 존재한다. 그래서 나는 사람들과의 강한 '유대감' 만들기도 좋아한다. 친분과 애착 감정은 너무 따뜻하고 부드럽다. 사람을 만나서 왁자지껄 웃고 이야기하고 들떠있는 시간은 내 일상에 없어서는 안 된다.

'고독'과 '유대'라는 양 날개의 균형을 위해서 나는 독거 비혼을 선택했다. 독거 비혼이야말로 완전한 자유가 전제되기 때문에, 양쪽 세계의 장점을 다 누릴 수가 있다. 현재 법적 상용화되고 있는 가족제도 중에서 완벽하지는 않지만, 그나마 쓸 만한 상품이다. 삼사일을 꼼짝 않고 방해받지 않는 칩거도 가능하며, 걸릴 것 없는 바람처럼 누구든 만날 수 있고 언제든 떠날 수 있다.

그렇게 지금까지 신나게 맘대로 잘 살아왔다고 생각했다. 나이 오십 즈음에 고비가 찾아왔다. 몸을 다쳤고, 건강도 급격히 안 좋아졌고, 오래 만난 남자 친구와 이별도 했다. 펀치가 쓰리 콤보 세트로 날아왔다. 마치 힘들게 넘어야 할 높은 방지턱에 걸려버린 느낌이라고나 할까. 부딪힌 충격으로 몸과 마음의 나사, 스프링이 여기저기 튕겨 나가 버렸다. 반세기 살아온 기념을 이런 식으로 거칠게 치를 줄이야….

"방지턱이면 그나마 나아. 어쨌든 넘어가면 되잖아. 나는 진흙뻘이야. 허우적댈수록 빠져나올 수 없어."

선배 말이 위로가 되긴 했다. '그래, 그까짓 거 사실 다친 건 잘 나으면 되고, 남자 친구는 다시 사귀면 되고, 갱년기는 죽을 병도 아닌데 뭘.'이라고 생각하면 될 일이긴 하다. 그런데 의외의 복병은 따로 있었다. 길게 아플 때 내내 감당해야 했던 '외로움'이었다. 사람이 살아가는데 필수적인 3요소, 의식주가 맞나? '타인과의 스침'을 반드시 추가하여 4요소로 다시 정의하자. '고독'과 '유대'의 균형은 망가지고, 한쪽만 떨어진 시소처럼 고독만 남아버렸다. 지독한 외로움을 알겠다. 그때 나는 인간과의 질척거림에 대한 욕망이 최고조가 돼있었다.

내가 이렇게 외로움을 잘 타는 사람이란 것도 처음 알았다. "나는 혼자 살 거야."라고 했을 때 어른들의 흔한 말. "나이 들면 외로워." 나는 이 말을 지금도 인정하지는 않지만, 적어도 '아프면 외로워.'라는 것은 이제 확실히 알겠다. 노화와 병마는 참 잘 어울리는 한 쌍이니, 우리 비혼 독거인에게는 치명타다. 배운 게 있다. 그리고 다짐도 했다. 앞으로 늙더라도 아프더라도 외롭지 않겠다고.

나이 오십의 방지턱은 시작일 테고, 남은 인생은 늙어갈 일과 아플 일뿐이라 해도 큰 과장은 아니니 그래서 더 외로워질 것이란 것을 일단 받아들이자. 내 마음 같은 걸 신경 써주는 사람을 기대하지 말고 제로 베이스를 전제로 하자. 이번 일 년간의 고생은 남은 반세기의 외로움을 잘 준비하라는 불친절한 시그널이라고 좋게 생각하기로 했다.

그렇다면 무엇을 준비할 것인가? 길은 속도보다 방향이 중요한데, 방향보다 더 중요한 것은 나는 지금 길 위 어디쯤인가를 아는 것이라고 생각한다. 내가 잘하는 것이 있다. 문제에 부딪쳤을 때 종이를 꺼내는 것이다. 몇 개 크게 줄을 긋고는 쓰는 것이다. 문제를 쓰는 것이 아니다. 모든 문제는 그것이 아닌 것들로부터 바라봐야 하기 때문이다.

내가 좋아하는 거, 가지고 있는 거. 하고 싶은 거. 내 지인들을 죽 써본다. 생각나는 대로 써놓고 그냥 보는 거다. 내가 쓴 것이 너무 보잘 것 없어서 어쩌면 내 삶이 이 종이보다 가볍게 느껴져 허무해질지도 모르겠지만, 해법은 아니더라도 단어들 간의 우연하고도 엉뚱한 연결이 발랄한 아이디어를 떠오르게 할 수도 있다.

해법이 없어도 괜찮지 않을까. 어쩌면 꼭 극복해야만 하는 건 아닐지도 모른다. 잘 견디기만 하는 것도 결코 나쁘지는 않을 듯싶다. 한번 외로움이랑 만나보고 나니 다음번에는 처음이 아니라는 것만으로도 덜 당황하여 견딤이 수월할 것 같다.

외롭다고 징징대는 일은 이제 없을 것이다. 재테크나 보험도 아니고 여행도 아니다. 내 남은 인생의 화두는 이제 '외로움'이다. 지금부터 찬찬히 고민해볼 것이다. 오히려 나를 사랑하듯 나의 외로움마저 잘 안고 달래며 살아갈 것이다.

아름다운 수미쌍관

그때, 어떻게 해서든지 추석을 넘기고 싶지 않았다. 헤어지기로 한 마당에 굳이 시댁에서 명절을 지낼 필요는 당연히 없었다. 우여곡절은 있었지만 이렇게 결국 헤어짐에 이르렀다는 성취감을 만끽하고 있는 나와는 다르게 자신이 왜 이혼남이 돼야 하는지 지금도 모르겠어 하는 법원 앞에서의 그의 표정은 참으로 어색했다.

그는 이혼은 하기 싫지만, 자존심 때문에 나를 잡는다거나 나와 타협한다거나 할 사람은 아니었다. 핑계를 대며 차일피일 서류를 미룰 때는 저러다 번복하는 건 아닌지 틀어질까 싶어 약간은 조마조마했었다. 이렇게 판사 앞에 당도하니 벅차오르는 뿌듯함에 기뻤다.

"네."

"네."

딱 한 음절씩의 대답으로 드디어 끝났다. 결혼식 할 때의 우리의 대답도 이와 같았던 걸 생각하면서 어쩌면 이렇게 아름다운 수미쌍관을 이룰까 감탄했다. 아이가 없으니 절차는 간단했다. 읽기도 전에 올라가버리는 영화 자막보다 더 빨랐다. 우리의 인연은 여기까지인 걸로 하며 서로의 행복을 빌며… 아니 그런 하나마나한 인사를 했었는지는 들떠있었던 나로서는 잘 기억나지 않는다.

결혼할 땐 사랑하는 사람과 함께 살 생각에 행복했고, 이혼할 땐 사랑하지 않는 사람과 더 이상 살지 않아도 되어서 행복했다. 나의 두 선택은 모두 행복했다. 이게 바로 이혼도 축하받아야 할 이유인 것이다. 내가 조금 더 똘끼 충만한 아이였다면 아마 결혼식처럼 잔치도 하고 축의금도 받고 뻑적지근하게 치렀을 것인데, 나름 단정한 나의 성격이 아쉽긴 하다.

헤어진다 했을 때, 남자는 늙어서 순해지는데 참고 살지… 하면서도 내가 좋아하는 고기반찬으로 밥상을 차려주는 엄마, 이유를 묻지 않는 아빠. 뭐든 내가 한 결정은 그럴만한 것이라고

213

언제나 늘 믿어주셨다. 비빌 언덕이란 게 이런 거 아닐까. 파티 대신에 엄마 아빠와 함께 푸짐한 저녁상을 보약처럼 먹었다.

나는 돌싱이다. 많은 질문을 스스로에게 했었다. 남편이 조금 더 가정적이었다면 나는 부부로 잘 살 수 있었을까? 다들 그러고 사는데 나는 왜 못살까? 전두엽에 자유가 한가득인 우리 둘은 어쩌면, 지켜야 할 게 너무 많은 결혼과는 애초에 사맛디 아니한 인간형들이란 생각도 든다.

참고 사는 결혼 생활을 끝낸 건 전혀 후회 없다. 이것이 어떤 질문에도 변치 않는 정답이다. 되찾은 자유는 잘 사는 게 뭔지를 깨우쳐주었고, 인생을 향유할 줄 아는 인간으로 만들어주었다. 그런 면에서 나는 이혼 예찬론자다. 결혼을 처음부터 하지 말자는 것이 아니라 이혼을 해야 할 사람은 해야 한다고 생각한다.

시댁 가기 싫다는, 혼자 사는 내가 제일 부럽다는 친구한테 "야! 너두 할 수 있어 이혼."

부부 싸움하고 말 안 한 지 3일째라는 친구한테 "지금이 기회야, 바~로 이혼해!"

손 하나 까딱 안 한다는 남편, 그 인간 밥 차려주는 게 벗어날 수 없는 감옥 같다는 친구한테는 "그럼 이혼해야지. 탈옥만이 네가 살 길이야."

아프다는데 쳐다보지도 않는다는 영감이라니 "엄마, 이혼해. 그런 남자랑 왜 살아."

지인의 결혼 소식에는 "왜~? 어쩌다… 신중치 못한데. 하하하. 아니다. 빨리 다녀오는 것도 좋아."

이혼한다 하면 열이면 열 명이 왜? 라고 묻지만 결혼한다 하면 왜? 라고 묻는 사람은 없을 것이다. 왜 자살하지 않는가를 묻는 카뮈처럼 당연한 모든 것에 왜? 를 물어야 한다. 왜 아이를 낳는지? 왜 혼자 살지 않는지? 우리는 왜 일을 하는지?

인간이 태어나서 꼭 해봐야 하는 것 중에 제일 중요한 것은 혼자 살아보는 것이라고 생각한다. 혼자라는 의미는 독수공방의 의미가 아니라, 자신 인생의 진정한 주인이며 완전한 자유인이 되는 것이다. 일부러라도 혼자 있는 시간을 만들어야 한다고 생각한다. 한 번도 혼자 살아보지 않은 사람이 말하는 자유와 혼자 살아가는 사람의 자유에는, 인간 언어체계의 모순마저 느낄 정도로 굉장한 간극이 있다.

언제 혼자 살아보냐도 중요하다. 당연히 일단 성인이 돼서 독립도 해야 하지만, 나이가 들어 다시 한번 혼자 사는 것도 의미가 참 남다르다. 그런 면에서 자녀가 출가했을 시기라면, 부부 각자가 일정한 시간과 공간을 따로 꾸려나가는 게 나는 개인적으로 참 멋지기도 하고 맞다고 생각한다.

예비 독거노인. 외롭지 않을까? 외로울 때도 있다. 오늘 밤을 못 넘기고 고독사할 것 같은 날도 있었더랬다. 그래도 실보다 득이 월등히 많다. 또한 왜 나는 사랑받지 못하는 여자인가라는 인간적 연민도 있다. 그럴수록 외로우면 외로운 대로 나 자신을 아끼고 위하면서 밝게 살다 보니 내 삶이 무척 사랑스러워지는 마법의 순간이 금방 찾아왔다.

"이만하면 나는 너무 괜찮은 사람"

사실 나이를 먹어서인지 모르겠지만, 또 늘 아프지만, 외로움도 잘 타지만, 그래도 혼자가 좋다. 그리고 오래된 친구들, 취미 몇 개, 나의 고양이들, 나를 자랑스러워하는 엄마 아빠. 나는 좋은 것을 너무 많이 가지고 있다고 생각한다.

퇴사하고 열심히
한가하게 살겠습니다

　출근이 낙(樂)인 적이 있었다. 정말 원 없이 일했다. 야근도 주말 출근도 그렇게 좋을 수가 없었다. 하지만 부흥기를 거쳐 쇠퇴기를 맞이하는 제국의 흥망성쇠와 같다고나 할까. 길고도 긴 배배 꼬인 단장의 미아리고개 같은 직장 이야기.

　직장은 일단 출근이 9할이라지만, 이미 출근부터 지겹고 퇴근은 지쳤다. 성취감이나 승진에 대한 어떤 미련도 하나 안 남게 되었다. 게다가 갱년기가 시작되어 말도 못 하게 몸이 힘들었다. 아플 땐 의사 말고 퇴사. 과로사 말고 자연사가 하고 싶었다.

내 삶의 유한함을 깨달은 걸까? 내 삶의 너무 많은 시간을 원치 않는 직장에서 보내고 있구나라는 자각을 했다. 다 그렇게 다니는 거라고 하는데, 나는 그럴 수 없었다. 이렇게 하기 싫은 걸 하다 죽을 순 없다는 절박함. 다른 삶이 절실했다.

일단 지나치게 많이 노동한다. 게으를 권리가 훼손되는 정도까지 일을 한다면, 그것은 망가진 삶이라고 생각한다. 하루 4시간 노동이 적당하다는 100년 전의 러셀 선생을 끌어들일 것도 없다. 자유를 유예하지 말자. 나는 돈 벌어다 주는 남편은 없지만 먹여 살릴 자식도 없으니 나는 남과 달라야 하지 않을까.

대선후보 구호 중에 지금까지 가장 역대급은 아마 "저녁이 있는 삶"일 것이다. 내 단언컨대 그만큼 섹시한 구호는 앞으로 얼마간은 안 나오지 싶다. 이 후보는 나의 저녁을 되찾아줄까. 공약만으로 사실 위로가 되는 부분도 있었다.

대선이나 정치라는 것이 우산 같은 거라 그 절대적 영향에서 벗어날 순 없지만, 그럼에도 불구하고 개인에게는 행복하게 잘 살 책임도 있다. 그리하여 나는 그 후보를 선택하는 대신 퇴사를 선택했다. 이때가 바로 그때다. 모든 직장인이 가슴속에 품고 다닌다는 그 사표, 그걸 냅다 던져야 할 때이다.

돌아오는 5월, 내내 산책을 하자는 눈이 부신 목표를 세우고 일필휘지로 사표를 썼다. 쓰는 것은 쉬우나 말하는 것이 어려

올 줄이야. 사표는 전자결재가 아니라 대면 결재다. 어떻게 말을 꺼내야 할지? 고기도 먹어 본 놈이 잘 먹는다고 회사 따위 자주 때려치워 봐야 이것도 프로처럼 잘할 텐데, 나는 사표 아마추어다.

"난 너가 싫어.""나 돈 좀 빌려줘."처럼 살면서 내가 해본 적 없는 몇 마디의 말 중에 하나. "사표 결재 바랍니다.""저 회사 관둘까 하는데요.""퇴사하겠습니다." 어떤 말도 입에 잘 안 붙었다. 커피 심부름을 했던 결재판이 그날은 사직서 한 장 들었을 뿐인데, 철판떼기처럼 무거웠다.

막연히 상상했던 언젠가의 사표 장면이 있었다. 내 꿈을 담기에 이 조직은 너무 보잘것없다는 말은 생략하더라도 빙벽을 마주했던 지난날의 처절함, 유리 천장의 부당함과 업무상 불만, 이 모든 것을 낱낱이 적어놓은 상소를 장계 펼치듯 하여 소상히 죄다 밝히고, 목젖이 보이도록 고래고래 분기탱천해주고, 진상 규명, 관련자 처벌을 요구하고. 오우삼 감독의 슬로 액션 한 장면처럼 걸어 나오리라. 에고, 의미 없다.

"두고 보십시오. 나는 여기서 임원까지 해 먹고 은퇴할 겁니다."

평소에 짱짱하게 말하고 다닌 바가 있어서일까 어찌해도 그만둘 것 같지 않던 12년 차 혼자 사는 여직원의 사표에 팀장님은 조금은 놀라는 것도 같았다. 일이 너무 많고 몸이 좀 안 좋다는 동서고금 가장 무난한 사유를 말했다. 한때 몸과 영혼을 이 회사에 묻으리라는 꿈도 있었다는 사족은 뭐하러 말했을까.

나이 50을 바라보며 자발적 조기 은퇴라… 쉽지만은 않았다. 왜 사는가? 나는 무엇을 위해 일하는가? 본질에 대한 질문을 하고 또 했다. 이런 정체성에 대한 질문은 삿된 것을 몰아내고 본질로 접근하여 결국엔 낭만과 자유를 선사할 것이라 나는 믿는다.

"그래도 다음 밥벌이는 마련해놓고 관둬야 되는 거 아냐?"

중에게 머리 묶으라는 것처럼 이건 있을 수 없는 일이다. 직장 안에서는 새로운 생각이 있을 수 없다. 농부 흉내나 내고 일단 놀면서 후일을 기약하는 것이 맞다. 퇴사하고 뭐할 거냐고? 나, 끝내주는 자유와 함께 멋진 백수가 되겠어. 그물에 걸리지 않는 바람처럼. 모든 게으름과 자유에 빈틈없이 도전할 것이며 마침내 그 끝을 맛보리라.

퇴사를 간절히 꿈꾸되 실천할 수 없는 수많은 한반도 직장인들이여, 그대들의 꿈을 내가 대표하여 대리 실천한다는 사명감으로 최선을 다해 열심히 한가하게 살겠습니다.

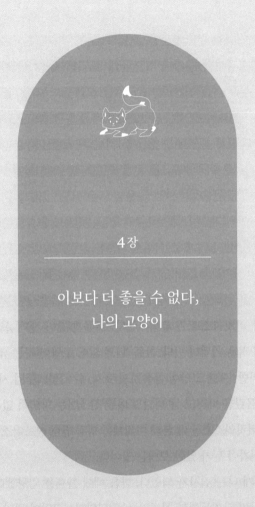

4장

이보다 더 좋을 수 없다,
나의 고양이

나뷔와 벙벙이

그때 '버킷리스트'가 유행이었다. '동물과 같이 살기'를 세 번째쯤에 적은 기억이 난다. 요즘 '나만 없어 고양이'라는 유행어가 있지만, 그땐 고양이 유튜브의 조회 수가 몇백만인 시대가 올 줄 몰랐을 때이고 '휴머니멀'이란 신조어는 당연히 없을 때이다. 버킷리스트란 게 본래 미래에나 생길 법한 신조어스런 꿈이 들어가야 뭔가 있어 보이는 법이다.

그렇게 나는 집사가 되었다. 다음 해에 둘째를 입양했다. 같이만 살면 자기들끼리 친해지는 줄 알았다. '고양이 합사 매뉴얼'이 있다는 것을 알았을 때는 이미 둘은 서열 정리를 위한 푸

닥거리를 치른 후였다. 따로 놀기로 한 모양새로 결론지어진 듯하다. 한 집에서도 서식지를 달리하며 같이 있는 일은 없다. 어쩌다 서로의 동선이 우연히라도 겹치면 잠깐 대치의 긴장과 냥펀치를 짧게 주고받고는 이내 서로 갈 길을 갈 뿐이다. 출근 후 빈집에서 서로 의지하는 아름다운 풍경은 나의 미숙함으로 날아가 버렸다. 어쨌든 둘 다 나를 좋아하지만, 서로는 여전히 데면데면한 것이 내 탓인 거 같아 미안하기도 하다.

두 고양이와 살면 어떻게 좋냐는 질문을 받고는 한다. "자식이고 가족이지."라는 답변은 기본이다. 내 삶은 고양이를 만나기 전과 후로 나뉜다는 말도 반드시 덧붙인다. 나는야 고양이 왕국의 절대 지존, 권력의 맛을 보았다. 2인자 자리를 놓고 경쟁하는 김재규와 차지철, 그 둘을 흐뭇하게 바라보는 일인자의 비열한 희열 같은 거. 장르는 궁중 누아르라고나 할까?

첫째는 둘째에게 질투가 나서 텃세가 심했다. 어떤 공간도 내어주지 않는 첫째 때문에 구석으로 몰린 둘째는 차차 첫째의 영토를 정복해갔다. 결코 가만히 있지 않고 벙벙대는 모양새 때문에 '벙벙이'라는 이름을 지었다. 벙벙이는 어항을 시작으로 소파까지 빠르게 접수하였다. 그다음 안방 진입 작전에 마침내 성공하였고, 마지막 고지전인 침대를 향한 격렬한 전투는 이제 피할 수 없게 되었다. 누가 집사와 잘 것인가. 무슨 일이 있어도 지키려는 자와 뺏으려는 자.

그날 결투에 이긴 녀석은 내 품에서 잠드는 영광을 누린다. 난 승자의 골골송을 감상하면 된다. 패배한 녀석은 내 발밑에 처참하게 널브러져 눈물을 삼키며 지난 전투를 복기한다. 나는 그들의 결투를 지켜볼 뿐 개입할 수 없다.

예쁜 여자애는 꼭 못생긴 애들과 친한 법. 내 친구들은 늘 예뻤다. 예쁜 내 친구를 사이에 놓고 남자 동기들이 벌이는 결투는 종종 있었고, 그 바닥에 유명했다. 남자들이 귀찮다고 하지만, 은근히 인기를 즐기는 내 친구를 안 부러워했다면 거짓말이다. 예쁘다는 칭찬을 태어날 때부터 일가친척 누구에게도 받아본 적 없는 나는 일생에 일초도 그 친구 같은 일은 없다고 생각해왔다. 아예 꿈조차 꾸지 않았다.

사실은 나도 상상해보긴 했다. 내가 엄청나게 예뻐서 가만히 있어도 남자들이 우글우글. 그 기분은 어떨까. 세월이라고 불러도 될 기간, 반백 년 살아보니 그 부러움은 그냥 깨알 같은 추억이다. 유치원생 같은 유치한 꿈이다. 고양이들이 내 품을 서로 차지하려는 상황이 꼭 그 상상과 비슷하다는 혼자만의 망상을 잠시 했다. 꿩 대신 닭이라고 남자 대신 고양이? 그냥 웃자.

고양이의 체온은 인간보다 2도가 높다고 한다. 내가 고열에 몸살이라도 나면 고양이는 자신보다 따뜻한 나를 더 파고든다.

혼자 살면서 아픈 날은 더러 있지만, 꼭 오늘을 못 넘길 것만 같은 호되게 앓는 날이 있다. 오늘 밤 내가 죽으면 우리 고양이들은 어떡하지? 사료를 다 먹도록 아무도 찾아오지 않으면 먹을 게 없을 텐데. 내가 죽은 것도 모르고 자는 줄만 알고 밥 달라며 계속 깨울 텐데. 대답 없는 내 곁에서 우리 나뷔와 벙벙이가 굶고 있을 상상을 하니 주책맞게 눈물부터 글썽인다. 만일에 그런 일이 진짜 벌어진다면, 어떻게든 구조될 때까지 차라리 나를 먹고 우리 고양이들이 살아 있어 주길 나는 정말 바란다.

이제는 잠자리 때문에 싸우지 않는다. 서로 동맹을 맺었는지 양쪽에서 공평하게 팔베개를 한다. 나는 불편한 십자가 자세로 잠들지만 말할 수 없이 행복하다. 십자가를 베고 나를 사랑으로 구원할 그 이름, 고양이. 주어진 생을 오롯이 그대로 다 살고 나중에 무지개다리를 건널 때 '잘 먹고 잘 쉬다 간다.'는 눈빛이었으면 그것으로 바랄 게 없겠다. 나에게 고양이는 오직 '사랑'이고 오로지 '사랑'이며 다만 '사랑'이다.

고양이와 동반 출근

밭일이 없는 날의 아침은 시계조차 늦잠을 잔다. 내 방은 완벽한 세계평화. 아침 이불속이 얼마나 꿀맛인지 다 알지 않나, 알람은 울리지만 바로 일어나긴 싫다. 고양이들과 베드신을 한껏 즐긴다.

커피콩을 꺼내 그라인더에 붓는다. 급하게 돌릴 때는 '뽁뽁' 내가 콩을 옥박지르는 소리가 나지만 천천히 돌리면 '샤갈 샤갈' 귀여운 소리가 난다. 식빵에 버터를 바르는 행위마저 우아할 수가 있다. 거실 가득 커피 향과 버터 향으로 채우고 나서 컴퓨터 앞에 앉으면 나의 고양이들이 뛰어올라 키보드 위에 넙죽

드러눕는다. 이것이 나의 출근 완료다.

은퇴 후 감사하게도 협력업체에서 연락이 왔고 일을 하게 되었다. 꿈에 그리던 재택근무하는 프리랜서. 제일 좋은 건 나의 반려묘들과 함께라는 것이다. 책상 위에 고양이가 주렁주렁 풍년이다. 회사에 출근만 하면 눈에 밟히던 고양이들을 눈앞에서 만져가면서 일한다는 것은 환장하게 좋은 거다.

기계식 키보드의 스프링 감각을 좋아하는 건지 내 일을 방해하려는 건지 아무튼 우리 고양이 '나뷔'는 내가 자판에 손을 올리자마자 자판 위를 걸어 다닌다. 모니터에는 아직 인류가 미처 해독 못한 '나뷔어'가 기록되고 있다. 충분히 쓰다듬어주고 나서야 고양이는 만족한 얼굴로 자판 연습을 마치고 눕는다. 꼭 모퉁이 ESC 키를 베고 눕는다. 그래서 공갈 키보드 하나를 더 놓아주었다.

잠옷 차림으로 일해도 눈치 볼 일 없고, 노동요를 실컷 듣고 불러도 뭐라 할 상사는 없다. 여기저기 시도 때도 없이 울리는 전화를 받지 않기 때문에 일의 집중도도 높다. 길어지는 회의 시간에 속으로 한숨지을 일도 없다.

프리랜서 특성상 일이 몰릴 때가 있어서 밭에서 퇴근하자마자 바로 책상 앞으로 출근하기도 한다. '주경야컴'이다. 밥도 컴퓨터 앞에서 먹어야 할 정도였다가 일이 없을 때는 몇 달을 일

없이 논다. 그럴 땐 백수 농사꾼이다. 직장 생활할 때보다 일도 수입도 적은 건 내가 너무 바라는 바이다.

직장 은퇴를 마음먹고는 나의 지출 내역을 보며 최대한 소비를 줄일 수 있는 품목을 가려보았다. 제일 안타깝지만 기부하고 있던 세 군데를 해지할 수밖에 없었다. 스마트폰 요금제는 가장 낮은 것으로 변경했고, 이발은 집에서 직접 하면 괜찮을 것 같다. 아, 나의 유일한 사치인 대중목욕탕 세신사, 일명 '때밀이'만큼은 깊은 고뇌가 필요한 지점이다. 횟수를 줄여서 분기별로 치르기로 했다.

마트를 안 가야 한다. 냉장고만 파먹는다는 냉파족으로 살기로 했다. 옷 안 사기, 책은 대출해서 읽기, 부모님 용돈도 줄이기로 했고, 고양이의 캔도 한 단계 저렴한 것으로 하향 조정하였다. 고통 분담 차원에서 우리 고양이는 충분히 그럴 자격이 있다. 나뷔야, 걱정 마. 내가 못 벌어도 너는 안 굶길 거란다.

어서 와,
저소음은 처음이지?

　지금의 로봇청소기는 최첨단을 달린다. 카메라와 인공지능
이 결합되었고, 음성인식에다가 스마트폰 어플의 원격제어 기
능을 자랑한다. 직접 청소하는 것 말고는 썩 맘에 드는 대안이
없다는 내 친구가 본다면 아마 구한말 지구본을 처음 본 개화
파의 눈처럼 경천동지할 것이다.
　나의 시작은 초기의 중소기업 중고 제품이었다. 신제품의 그
경이로운 기능들은 모두 장착하지 못했으며 탱크 소리가 이러
지 않을까라는, 전쟁 안 겪은 나도 예상 가능할 정도의 데시벨
을 자랑하는 녀석이 왔다.

그 고막을 긁는 꿍음에 우리 고양이들은 편히 식빵 자세 한 번을 못하였고, 놀라서 피해 다니기 바빴다. 나도 녀석이 돌아다닐 때면 설거지 말고는 뭘 편히 할 수가 없었다. 그럼에도 좋았다.

"내가 내 손으로 청소하지 않는 게 어디야."

어느 날, 지인 집에서 책상에 앉아있는데 소리도 없이 내 발을 살짝 건드리는 것이 있었다. 내려다보니 우리 것보다 몇 세대는 진보한 고품격 녀석이 인사를 하는 것이었다.

"어서 와, 저소음은 처음이지?"

그날의 터치는 우리 것은 아마 탱크일지도 모른다는 심증이 옳았다는 결정적 증거였다. 제품에 홀리긴 처음이었다. 비싼 모델료 줘가며 제작한, 너무나도 길어서 지겨운 20초짜리 TV 광고가 필요 없었다. 미안하지만 우리 집 탱크랑은 이별할 때가 왔다는 걸 직감했다.

클래스가 다르니 아무래도 비쌀 거라 예상은 했다. 나쁘게 말하면 궁상, 좋게 말하면 알뜰. 궁상과 알뜰 그 사이 어디쯤이 항상 나의 딜레마였음에도 관성의 법칙이 거의 승리했다. 그렇게 들여온 대기업 중고 녀석은 너무 조용해서 라디오를 듣거나 차를 마시는 것도 가능해졌다.

고양이에게도 조용했다. 고양이의 그루밍에 몰입을 가져다

주는 ASMR, 우리 고양이와 로봇청소기의 악연은 그 화이트 노이즈, 그때부터였다. 고양이는 로봇청소기가 다가오는 줄도 모르다가 거의 자기 몸에 닿아서야 놀라 일어서곤 했다. 장모종이라 털끝이 감각이 있을 리가 있나. 여하튼 이 무던한 집사는 고양이가 그렇게 알아서 계속 잘 피할 줄 알았다.

그러던 어느 날, 고양이의 꼬챙이 같은 비명소리와 우당탕탕 소리가 났다. 뒤돌아보니 처참한 광경이 눈앞에 벌어졌다. 로봇청소기에 고양이 꼬리가 빨려 들어가는 중이었고, 고양이는 전력질주로 도망가고 있었다. 비극은 로봇청소기의 모터가 더 세다는 것이다. 고양이 꼬리를 가운데 두고 서로 줄다리기를 하는 초현실적인 장면이 펼쳐지고 있었다.

'뭘 먼저 잡아야 저 사태가 잘 해결될까.'

작전을 짤 틈도 없이 그대로 용수철처럼 튀어나가 고양이를 잡아당겼다. 그런데 소용없었다. 모터만 센 것이 아니라 로봇청소기 내부의 브러시와 고양이 꼬리털이 이미 야무지게 감겨 있었다. 머리빗에 머리카락이 엉켜본 사람은 안다. 잡아당겨서 될 일이 아니었다. 로봇청소기는 오래간만에 대어를 낚았는지 엄청난 기세로 고양이를 말아 삼킬 것 같았다. 하기야 저 풍성한 꼬리를 얼마나 호시탐탐 노려왔던가.

고양이를 바닥에 내려놓고 이번엔 반대로 청소기를 들었다.

바퀴가 바닥에서 들리면 전원이 꺼진다는 것을 매뉴얼에서 보았던 생각이 번개처럼 났기 때문이다. 허나 젠장, 청소기를 들자마자 전원이 꺼지는 건 아니었다.

청소기가 바닥에서 들리고도 공중에서 5초 정도는 계속 모터가 돌아가는 게 아닌가? 그다음엔 웬 멜로디? 띠리리리~띠리리리리~ 비상사태인데도 이 재난에 풍악까지 울리다니. 정말 제품에, 아니 기업에 감정이 생길 판이었다.

묵직하고 강한 바디를 자랑하는 로봇청소기는 두 손으로 들어야 하기 때문에, 고양이 꼬리를 잡아 뺄 손은 없고. 고양이는 꼬리가 연실 감기는 채로 대롱대롱 공중에 매달려 있는 형국이었다. 자지러지는 고양이 울음소리가 아침부터 아파트에 울려 퍼졌다.

"바퀴가 바닥에 닿지 않았습니다. 청소기를 평평한 바닥에 옮겨 주세요."

멜로디다음에 명품 배우의 명품 목소리가 나오면서 그제야 청소기는 멈추었다. 고양이는 허공에서 발버둥 치다 머리부터 떨어졌고, 순간의 힘을 모아 줄행랑을 쳐버렸다. 느긋하고 온순한 성격과 귀족의 풍모를 자랑하는 페르시안 고양이가 저렇게 냅따 뛰는 것은 처음 봤다.

다행히 다친 데는 없었지만, 트라우마는 컸다. 이틀을 숨어서 나오지 못했다. 청소기가 움직이기라도 하면 공포에 떠는 모습이 얼마나 안쓰럽던지, 나는 며칠을 청소하지 않았다.

혹시 나와 비슷한 사고를 겪은 사람이 있나 싶어 검색해보았으나, 죄다 자기네 고양이가 로봇청소기 위에 '올라타나' '못 올라타나'라는 이야기뿐이었다. 나 같은 사람이, 아니 우리 고양이 같은 고양이가 더 있어선 안 되니 내가 알려야겠다는 오지랖이 스물스물 발동했다.

'업체에 제보나 컴플레인을 넣어볼까.'

그것도 귀찮아졌다. 그냥 널리 널리 내 글이 회자되어 모든 집사들과 청소기 회사에까지 전해지길 바라는 마음 정도에서 그치자. 시간이 지나 근자에 제품 검색을 해보다 깜짝 놀랐다. 우리 것보다 신제품은 '털 엉킴 방지 브러시'를 장착한 것이 아닌가. '그래, 저거였다면 우리 고양이 꼬리털이 안 감겼을 텐데 진작 좀 개선하지.' 하고 아쉬워해봤자 이미 지난 일. 내가 얼리어댑터 집사가 아니라는 것이 통탄스러울 뿐이었다. 냥이야, 엄마가 쏘리다.

털 백반, 털 수면, 털 입술

'엥간하면 검은 옷은 입지 말 것. 특히 검은 양말.'

지인이 집에 놀러 올 때면 여러 공지사항 중에 반드시 털 관련하여 이 한 줄을 빼면 안 된다. 우리 나뷔 털이 길대로 길었다. 누워있으면 털에 파묻혀서 얼굴과 궁둥이가 분간이 안 간다. 완전 한 마리의 털 뭉치가 돼버린다. 털이 길다 보니 그루밍을 할 때 모가지가 완전히 뒤로 넘어가는 것이 자빠질 듯하다.

특히 궁둥이 털이 길어지면 간혹 볼일 후에 맛동산 반 토막만 한 응가를 털에 붙여서 대롱대롱 달고 다닐 때가 있다. 너무 웃기기도 하고 귀엽다. 그 상태로 이불에 앉기라도 하면 일이 커지기 때문에 얼른 발견하는 게 중요하다. 어떤 날은 소파에 같이 누워있다가 낯익은 응가의 향기에 벌떡 일어날 때도 있었다.

아침마다 베란다 양쪽 문을 열고 털 날리기를 한다. 바람이 제법 많이 불어주는 날은 털 대목이다. 오늘 창밖으로 날려버린 털이 오천칠백 열두 개나 된다. 아파트가 고층임에도 바람한 점 없는 날이 있다. 집안을 돌아다니며 이불을 털어대도 그 모든 털들이 붕 떴다가 고대로 내려앉는다. 하나마나다. 팔만아프다. 오십견을 재촉하는 이 짓을 날마다 한다. 그다음은 로봇청소기가 출동한다. 역시 인공지능이라 자기 집처럼 열심히일하지는 않는다.

어쨌든 털은 일상이다. 털 백반, 털 커피, 털 샤워, 털 수면, 옷에 털, 냉장고 안에 털, 내 입술에 털, 책갈피에 털. 공중에 털들이 심해어처럼 둥둥 거실에서 침실로 헤엄쳐 다닌다. 우리 집사들은 이 모든 털을 기꺼이 감수한다. 어깨 탈골이 온다 해도 우리 나뷔가 나한테 주는 사랑을 포기할 수 없다.

이제 너 없이 못 사는데 털이 대수일까.

웬 통닭이
나를 보고 있다

"짧은 단발로 층을 좀 내고 싶어요."

"앞머리는 좀 길게 일자로 해주세요."

"학생 머리처럼 바가지 스타일로 해주세요."

"조금 쳐서 긴 커트로 하고 귀는 파지 말아 주세요."

퇴사 후부터는 이발비라도 아끼자고 내가 집에서 가위질을 하지만, 전에는 미용실을 가면 스타일을 간단히 주문하고 잠들 고는 했다.

고양이 미용실은 처음이다. 샘플을 보고 고르는 건가? 어떤 헤어스타일을 말할까 생각하는 중에 예상치 못하게 '검사와 마취'에 대한 설명을 듣게 되었다. 고양이는 강아지랑은 다르게 살이 약해서 움직이다 상처가 나게 되면 피부 거죽이 찢어진다는 것이다. 그래서 마취를 해야 하고, 그에 필요한 검사가 필수였다. 몰랐던 사실에 놀랐고 억 소리 나는 비용에도 놀랐다. 요즘은 무마취하는 곳이 많아졌다.

오후에 찾으러 오라는 말을 듣고 "예쁘게 해주세요." 하고만 나왔다. 처음 알게 된 마취란 거에 집중해서 듣다 보니 그제야 어, 우리 나뷔 헤어스타일을 말 안 했네. 물어보지 않는 거 보니 알아서 적당히 이쁘게 다듬어주는가 보다 했다.

"이발은 끝났구요. 마취가 풀리는 중인데요. 데려가셔도 돼요."

"어딨어요?"

"바로 앞 케이지에 있잖아요. 보고 있네요. 꺼내셔서 안아주세요."

웬 통닭 한 마리가 날 보고 있었다. 저 통닭이 설마 우리 나뷔인 줄은 꿈에도 몰랐다. "삭발해주세요."라고 주문했으나 순간 나를 의심했다. 고양이는 원래 저렇게 이발한다는 것이었다.

내 자식도 몰라보다니 미안하다, 나뷔야. 바리깡 자국은 선명하고 아직 어질어질해서 뒤뚱거리는 게 웃기기도 하고 안쓰럽기도 했다. 물 한 모금 마시고는 한기를 느끼는 듯, 바로 따뜻한 노트북에 웅크리고 있다.

이제는
프리다 칼로처럼

　이제 보니 우리 나뷔, 완전 삭발은 아니다. 꼬리는 털이개마냥 끝부분이 풍성하고 발은 털이 그대로 북실북실한 것이 장화신은 고양이 같다. 얼굴은 크고 동그란데 몸통은 삭발이라 체통이라고는 영 없어 보인다.

　며칠 지나 솜털이 보송보송 올라왔지만, 한기를 아직도 느끼는지 당분간 서식지는 전원 켜진 노트북이 될 듯하다. 꼬리까지 감고 웅크려있다. 내 엑셀 작업에는 무슨 암호인지 외계어인지 잔뜩이다. 저것을 해석한 사람에게는 노벨상을 수여하자고 이 연사 소리 높여 외칩니다!

그 후로 나뷔 이발은 내가 해준다. 털이개 스타일이 별로라서가 아니라 마취가 맘에 걸린다. 나뷔에게 너무 안 좋을 것 같다. 마취한다는 것을 처음에 알았으면 내가 직접 깎아주었을 것이다. 비용도 그렇고.

나는 이발을 집에서 내가 한다. 샴푸도 사용 안 한 지가 어언 삼 년이 넘어가는 듯하다. 플라스틱 샴푸 용기 쓰레기를 줄이니까 환경에도 좋다. 샤워를 마치고 젖은 머리카락을 어느 정도만 턴 상태에서 가위질을 해야 머리카락이 물기가 있어 덜 날린다. 사각사각 가위소리도 좋고 머리카락이 욕실 바닥에 떨어져 흩어져있으면 이상하게 기분이 좋다. 잘린 머리카락은 낙하하다가 동그란 어깨 위에 까맣게 쌓이고, 그게 또 하얀 가슴 위까지 스르르 내려온다. 또 일부는 흘러내리다 불룩한 배에서 멈춰있기도 한다. 나는 그것이 기분 좋다. 거울에 비친 까만 머리카락 낭자한 내 몸을 보는 것을 즐긴다.

"야, 변태냐? 너는 참 독특해. 별걸 다 좋아해, 하여간."

변태 같다는 내 친구의 말도 칭찬으로 들린다. 이 정도면 나르시시즘적인 과대망상일지도 모르겠지만 변태가 어때서? 하여튼 그래서일까, 프리다 칼로의 작품 중에 '잘라 낸 머리카락이 있는 자화상'을 제일 좋아한다. 전시회 가서도 그 그림의 냉장고 자석 하나만 사 왔다.

자기애 충만하기로 고양이만 할까. 먹고 응가하고 잠자는 거 말고 하는 거라고는 자기 몸단장뿐. 지는 해를 바라보며 마취와 이발에 대한 복수를 다짐하는 듯한 저 표정은 뭐냥? 우리 나뷔, 화났냥?

나는
상자 페티시가 있다

　잘 못 버리는 것이 있다. 나는 종이 박스를 잘 못 버린다. 자질구레한 잡동사니 수납으로도 쓸모가 있고, 선물 포장용으로도 애용한다.

　그래도 나는 좀 지나치다. 아파트 분리수거장, 탐나는 박스를 보면 남이 버린 것임에도 집어 들고 온다.

　빈 상자들을 크기별로 모아두고 산다. 차지하는 자리를 줄이려고 큰 상자 안에 작은 상자를 넣기도 하니까 지금 저기 보이는 개수보다 더 될 것이다. 운동화 상자부터 스팸 상자, 화장품 상자 등 종류도 가지가지다.

박스 집착이 정신분석학의 관점에서 보면 어떤 방어기제 본능에 해당하는 걸까를 처음으로 생각해본다. 억압, 퇴행, 투영, 반동, 보상, 합리화, 치환, 회피, 동일시, 승화. 뭐 딱 맞아떨어지는 건 없는 것 같다.

그냥 아까워서일 뿐인데, 내가 괜히 진지하게 받아들이는 걸지도 모르겠다.

어쩌면, 이 박스들이··· 내가 늘 갈구하는 결핍된 사랑에 대한 종류별 크기별 무의식의 표출일까. 애정 결핍을 막 아무 데나 갖다 붙이는 거, 나 이제 아주 습관이 돼버린 듯.

검색을 해보았다. 실제로 학계의 어떤 분석이 있을지도, 아니면 나와 같은 사람의 글이 있을지도 모르니까.

'박스 집착' 엔터.

죄다 고양이만 나왔다. 우리 집 고양이들처럼.

나의 대일밴드는

영화 「아저씨」를 서너 번은 본 것 같다. 인도판 리메이크작까지도 보았다. 그건 굳이 뭐하러 봤는지…. 아무튼, 원빈이 자신의 머리카락을 자르는 장면에서 마침내 드러나는 다비드상의 조각, 그 순간에 극장 여기저기서 탄성이 터져 나왔다는 그 영화. 그래 봤자 옆집 소미(김새론 배우)를 구한 건 아저씨가 아니었다. 극 중 소미가 악당의 이마에 대일밴드를 붙여주는 씬이 나온다. 킬러의 마음을 녹여버린 그 대일밴드. 소미는 대일밴드 덕에 목숨을 건졌다.

우리 나뷔는 팔베개를 잘한다. "나뷔야~" 팔을 쪽 내밀면 어디서든 쪼르르 달려와 발라당 내 팔에 눕는다. 내 언젠가 창당을 하면 반드시 당명은 '발라당'으로 지을 것이다. 내 팔을 자신의 손으로 감싸 안기도 하고, 내 손바닥 안으로 작은 머리를 쏙 들여놓기도 한다. 어떨 때는 내 손바닥을 돗자리 삼아 깔고 앉는다. 그러면 나는 그 꼼작 못함이 좋다. 고양이 살냄새와 보드라운 털의 짓누름이 너무 좋다.

나뷔의 팔베개는 대일밴드 같다. 아무 일 없는 일상마저 고된 나에게 나뷔가 대일밴드를 붙여주는 거 같다. 상처는 아직 덜 아물었어도 계속 계속 그다음 어떤 무언가를 할 수 있게 해주는 대일밴드.

누구나 자기만의 대일밴드 하나쯤은 있어야 한다. 저절로 목숨이 살아지지는 않으니까.

야옹이의 옹달샘

김장 봉투를 샀다. 이 봄에 웬 김장? 내가 큰 비닐이 필요한 이유는 김치랑은 아무 상관이 없다. 침대 덮을 게 필요했다. 거의 한 달째 하고 있는 이불 빨래, 거기에서 해방될 수 있는 유일한 방법으로 생각한 것이 김장 봉투였다.

나의 첫째 고양이는 12살이다. 고양이 어르신, 일명 '묘르신'이다. 소변을 화장실이 아닌 곳에 보기 시작한 것은 여러 달 되었다. 병원 검사에서는 이상이 없었고, 의사는 스트레스일 수 있으니 잘 살펴보란 말을 했다. 잘 살펴봐서 내가 원인을 알아냈다면야 다행이었겠지만, 쉽지 않았다.

고양이와 인간 중 누구든 하나가 상대의 언어까지 할 줄 안다면 진짜 좋겠다는 간절함이 바로 이럴 때이다. 화장실 환경 개선이든 소변 훈련이든 소용이 없었다. 그런데다 눈 위에 서리 친다고, 고양이의 실수보다 나의 대처는 항상 반 발짝 느렸다.

여기저기 고양이의 소변을 쫓아다니며 뒤처리를 하면서도, 이러다 설마 침대는 아니겠지 했던 나는 지금 생각해도 얼마나 멍청했는가. 설마 설마 하던 일이 하루아침에 그냥 벌어지는 것은 하등 이상할 게 없는데 말이다.

고양이 화장실을 침대에 올려놓기까지 해보았다. 눈앞에 화장실을 보고도 이 화장실만 아니면 된다는 듯이, 누가 영역 동물 아니랄까 봐 자신이 개척한 새 침대를 화장실로 지정한 이상 그 구역을 고수하기로 한 것처럼 보였다.

최대로 가능한 모든 청소 도구가 출동했으나 침대 겉만 닦였을 뿐, 이미 소변을 머금은 침대. 소 잃고 외양간 고치는 일이라도 해야 해서 부랴부랴 방수 패드를 구입, 침대 위에 깔았다.

방수는 될지언정 몽실몽실 피어오르는 암모니아 냄새, 누워서 들썩거릴 때마다 증기 기관차의 연통처럼 칙칙 푹푹 뿜어져 나오는 그 쩐내 나는 암모니아를 견디는 것은 두어 달이면 충분했다.

다시 구입한 새 침대는 방수패드로 초동대처를 잘하여 암모니아로부터 지킬 수는 있었으나, 침대 위에 있는 것들은 그대로 소변을 머금기에 빨래는 해줘야 했다. 그나마 침대를 살린 게 어디야 하면서도 이불 빨래만 하다 정말 하루가 다 갈 지경이었다. 건조대에 널어놓은 이불은 다 마르지도 않았는데 세탁기에서는 다음 이불이 돌아가고 있었고, 세탁실 바닥에는 그다음 이불이 차례를 대기하고 있을 정도가 되었다. 모든 이불이 3교대로 풀가동되는 사태였다.

큰 비닐을 생각해내고 나서야 드디어 이불 빨래를 멈출 수 있었다. 김장 봉투 3장을 테이프로 연결하여 침대 이불 위에 펼쳐 덮어놓았다. 외출하고 들어와 보면 그 비닐 위에 귀여운 옹달샘이 만들어져 있다.

새벽에 토끼가 세수하러 왔다가 물만 먹고 가지도 못할 암모니아 옹달샘. 아늑한 스위트홈의 비주얼로는 꽤 형편없지만, 처리하기로는 이불 빨래보다야 대충 열다섯 배는 간편해져서 고맙기까지 했다.

또한 장점으로는 컴퓨터 앞에서 일을 하다가도 비닐의 부스럭부스럭 소리를 들을 수가 있다. 뒤돌아보니까 우리 야옹이가 침대로 뛰어올라 비닐 위에서 자리를 봐가며 엉거주춤 영락없이 쉬~~할 자세를 잡고 있는 것이 아닌가.

그동안은 소리 없이 완전 범죄를 저지를 수 있었던 우리 고양이, 범인은 현장에 반드시 나타나는 법. 그리하여 비닐의 함정에 걸려들었지롱~. 범죄예방을 위한 그간의 노고를 치하하는 나와는 다르게 사뭇 담담한 표정의 현장범.

"나뷔야, 안 돼~!"

나는 소리를 질렀고, 고양이는 놀라 뛰어 내려가서 어기적어기적 진짜 화장실로 가는 것이다. 어쩌면 이번 기회에 제대로 학습효과도 기대할 수 있을 것 같다.

고양이 소변은 정말 냄새가 고약하다. 일반세제에다가 표백 살균세제를 함께 사용해야 한다. 어느 날엔가는 고양이가 컴퓨터 의자에 오줌테러를 하는 사태가 발생했다. 침대에만 온 신경을 쓰는 사이에 고양이는 의자를 노렸던 것이다. 버리고 또 사기엔 침대로 충분하지 않을까.

의자를 욕실로 굴려 들여놓고서는 스펀지가 있는 시트에 뜨건 물을 한참 부어대고 세제를 뿌려 이삼일을 불리고 표백 살균세제로 또 이삼일을 흠씬 적신 채 두었다. 샤워 호스로 충분히 물 뿌리는 것 말고는 의자를 헹굴 방법도 없다. 그다음은 양지바른 베란다에 또 이삼일을 눕혀 겨우 말렸다.

어쨌든 언제까지일지 모르겠지만, 이 비닐하우스도, 옹달샘도 괜찮다. 나의 고양이와 함께라면. 그렇게 나를 고생시켰어도 나는 우리 고양이가 예뻐 죽겠다. 나이 든 고양이는 짠하다. 어지간한 장난감에 흥미가 없어진 지 오래고, 잠이 늘었다, 잠만 잔다. 자는 모습도 전 같지 않다. 불러도 귀가 쫑긋하지 않을 정도로 시체처럼 잔다. 진짜 죽었나 식겁을 하고 흔들어 깨운 적도 있다.

나는 창밖을 보며 책상에 앉아 일하는데, 하늘보다는 거실 고양이들을 볼 수 있도록 인테리어를 바꿔야 할 것 같다. 이제 보니 늙어가는 우리 고양이들이 내 등만을 보고 있었다는 생각에 슬퍼졌다. 아직은 딱딱한 사료도 잘 먹고 책상을 한 번에 팔딱 올라오지만, 조만간 중간 받침대도 놓아줘야 할까 보다.

언젠가는 시력과 청력을 잃어갈 테고, 그루밍도 하지 않을 날이 올 것이다. 질병으로 아파하고 수척해질 우리 고양이를 생각하면 눈물이 저절로 난다. 펫로스 증후군은 정말 상상조차도 하기 싫다.

나는 잘하고 있는 것인가. 많이 쓰다듬어주며 잘 살필 뿐. 남은 시간이 얼마일지 모르니 함께 시간을 많이 보내자 하는 마음만으로는 너무 무책임한 집사가 아닐까. 영양제 검색이나 하고 고양이와 나의 얼굴을 익힌 단골 동물병원을 만들어놓은 것 말고 뭘 더 할 수 있을지, 나중에 아주 나중에 지금 이 시간을 후회하지 않도록 지금부터 노묘와 함께 사는 법을 공부해야겠다.

고양이에게
팔베개를 해주는 시간

커피를 끊었다.

아니 끊어야 할까 보다.

커피를 사발로 들이붓고도 참 잘 잤던 내게, 말로만 듣던 불면증이 찾아왔다.

마치 잘못 온 택배처럼.

어차피 말똥말똥… 말똥한 정신, 뒤척이기만 하니 시간이 아깝다는 생각.

책도 읽어 보았고, 운동도 해보았고, 영화 보기도 해보았다.

해보니 글쓰기가 가장 낫다.

글쓰기를 하면 안 오던 잠이 온다는 것이 아니라, 가시적인 성과물이 독서나 영화보다 괜찮다.

날이 풀리면 야밤 산책도 해볼까 한다.

고양이는 불면증이 있을까?

너무 잘 잔다.

프로 수면러.

부럽다.

자고 있는 우리 나뷔를 보고 있으면, 인간의 고차원적 지능과 고도로 발달된 문명이 꽤 부질없을 수도 있지 않을까, 라는 생각이 든다. 너무 할 것이 많은 우리는 과연, 고양이보다 더 더 행복하다고 말할 수 있을까? 진정으로 잘 사는 것이 무언지 알 것만 같은 순간이다. 잠든 고양이를 보고 있을 때 말이다.

마침내 포기할 수 없는 한 가지가 있다면… 내가 고양이에게 팔베개를 해 줄 수 있는 그 시간. 이 특권을 누리는 것만으로도 나는 성공한 인생이다. 불면증에 불만 없다.

내년엔
감나무를 심어야지

　세계사 수업시간을 떠올렸을 때 '아나톨리아' 하면 자동으로 나오는 문구가 바로 '문명의 요람, 비옥한 초승달 지역'이다. 키프로스 섬 또는 사이프러스 섬은 그 아나톨리아의 남쪽에 위치했다. 이 섬의 제일 엄청난 역사적 사건은 바로 2001년에 약 9,500년 전의 무덤에서 고양이의 뼈와 인간의 유골이 함께 발굴되었다는 것이다. 현재까지 알려진 고양이의 가장 오래된 역사라고 한다.

　그러고 보니 어쩐지 우리 냥이들에게서 아득~한 지중해의 향기가 나는 것도 같다. 고양이 검색하다 보면 별걸 다 알게 되기

도 한다. 10년 정도 보다 보니 이제 고양이를 조금 이뻐하기 시
작한 엄마. 「6시 내 고향」에 고양이가 나오면 얼른 텔레비전 켜
보라고 전화해주는 엄마가 하루는 진지하게 말했다.

　"승희야, 밭 팔면 안 될까? 아부지한테 팔자고 해봐. 네 말
은 듣잖냐."

　농사일이 힘에 부치면 적당히 쉬면서도 해야 하는데, 그럴 요
령이 없으니 얼마나 고되셨을까 했다. 그런데 더 듣고 보니 아
빠도 고생이신 듯하다. 밭에 다녀간 날이면 하루 이틀 정도를
꼼짝 않고 누워계신다고 했다.

"네 아부지 저렇~게 힘든데도 일을 하신다. 땅 팔자고 내가 하면 승질을 낸다. 쓸데없는 소리 한다고."

엄마 아빠 너무 힘들어서 안 되겠으니 농사는 그만하는 게 어떻겠냐는 나의 모두 발언을 시작으로 바로 3자 회담 겸 가족회의를 했다. 땅은 크지, 일은 많지. 엄마부터 땅을 팔아야 농사를 관둘 거 아니냐는 의견을 냈다. 아빠는 평소대로 네 엄마는 일주일 하루 그게 뭐가 힘들냐며 역정을 낼 게 뻔한데 아니었다.

"딱 한 해만 더하세. 그다음엔 내가 못 하지 싶어."

고집부리시지 않고 힘든 걸 인정하셨다. 하고는 싶은데 나이가 있으니 받아는 들이면서도 하는 일 없이 죽는 날 바라보며 지낼 생각도 영 뜹뜨름한 표정이시다. 아빠의 약속대로 내년까지만 하자는 조건으로 엄마를 설득했다. 아빠가 양보를 하니 엄마도 한 발 물러나고 비닐하우스 협상은 타결되었다.

"그럼, 내년 여름 지나 땅을 내놓기로… 땅 땅 땅."

엄마 아빠 중재하는 역할을 내가 참 잘했다 싶었다. 그러고

나서 며칠을 곰곰이 생각하는데, 그것이 최선은 아닌 것 같았다. 과연 우리 셋, 모두에게 좋은 결론인가? 엄마에게는 어쨌든 힘든 농사일이 끝나지 않았고, 좋아하는 게 없어진 아빠에게는 그것만 없어지는 게 아닐 것이다. 동네 문화센터나 노인 복지관으로 취미 배우러 다니실 분도 아니고 말이다.

그리고 내 마음도 사실 꼭 따지자면 아빠 쪽에 가깝다. 엄마 아빠와 이 밭농사를 오손도손 계속하고 싶다. 일주일만큼 더 늙어진 엄마 아빠를, 또 딸을 보는 것이 우리 가족 서로의 낙이었다. 그런데 여기서 핵심은 '오손도손'인데… 땅을 팔아도 안 팔아도 오순도순 그림이 안 나오니 문제다. 2차 가족회의를 했다.

"엄마, 밭 팔지 맙시다. 아빠, 밭일을 줄입시다. 한 해만 더 한다 해도 땅이 커서 우리 다 골병 들것이여. 환자로 여생을 보낼텐데, 그러지 말고 농사량을 줄여 적게 일하고 오래 일하는 게 낫지. 이렇게 간단한 걸 왜 땅 팔 생각만 했지. 맞잖아, 아빠?"

아빠는 그게 말이 되냐는 것이다. 아빠에게는 상상도 못 할 일이었다. 땅은 놀리는 게 아니니까. 노는 땅에 풀만 자랄 텐데 남들이 지나다니면서 보면 뭐라 하겠냐는 둥, 대번에 욕을 할 거라는 게 아빠의 반론이셨다.

"아빠. 노는 땅에 그럼 풀이 자라지, 머리카락이 자라나? 그리고 풀이 자라든 사슴이 뛰어댕기든 남들이 뭔 상관이래? 아빠, 풀 때매 욕할 거면 나무를 심게요."

"……"

"여기 깨 심던 자리 두 고랑만 감나무 심자. 욕 안 먹고, 감 실컷 먹고 좋잖아."

"……"

"아빠, 그렇게 해요. 한 해만 할 생각하지 마시고, 내년에도 내후년에도 계속하게요. 우리, 일만 조금 줄이면 할 수 있어요. 나도 계속 밭에 다니고 싶고 엄마 아빠도 계속 만나고 싶고."

"……나무는 이 자리는 안 되능겨. 저 위쪽 고구마 캘 때 땅이 딱딱해서 애먹었잖아. 나무 심을라면 그짝에 심어야지."

정과 반이 부딪치다가 드디어 최고의 합이 만들어졌다. 헤겔도 울고 갈 우리의 정반합에 나 스스로 뿌듯했다. 오는 봄, 장에 가서 나무를 살 생각에 엄마가 제일로 좋아하셨다. 이 이야기가 끝이 아니라 또 적을 문장이 있어서도 참 다행이다.

가늘고 길게 가게 될 이 이야기를 글로 쓰기 시작한 건 정말 우연이었다. 퇴사 후 삶이 취미 생활로 채워지고 있을 적에 그중에 친구 따라 글쓰기 반에 들어간 것이 이렇게 책이 될 줄은 그때는 꿈도 못 꾸었다. 글쓰기 반 배지영 작가님께 감사하고, 서로 응원해주는 글쓰기 반 동기들에게 감사한 마음이다.

인류 문명의 탄생부터 함께했던 태곳적 섬 고양이들처럼 나의 글쓰기를 항상 옆에서 지켜준 나뷔와 벙벙이에게 고맙고, 무엇보다 부족한 글을 읽어주시고 책으로 엮어주신 도서출판 푸른향기 한효정 대표님, 감사합니다.

사이보그
가 족 의
밭 농 사

초판1쇄 2023년 3월 9일 **초판2쇄** 2024년 1월 19일**지은이** 황승희 **표지 일러스트** 이로 **펴낸이** 한효정
편집교정 김정민 **기획** 박자연, 강문희 **디자인** purple **마케팅** 안수경 **펴낸곳** 도서출판 푸른향기 **출판
등록** 2004년 9월 16일 제 320-2004-54호 **주소** 서울 영등포구 선유로 43가길 24 104-1002 (07210)
이메일 prunbook@naver.com **전화번호** 02-2671-5663 **팩스** 02-2671-5662 **홈페이지** prunbook.
com | facebook.com/prunbook | instagram.com/prunbook

ISBN 978-89-6782-183-8 03810
ⓒ 황승희, 2023, Printed in Korea

값 16,000원

이 도서의 국립중앙도서관 출판예정도서목록(CIP)은 서지정보유통지원시스템 홈페이지(http://seoji.nl.go.kr)
와 국가자료공동목록시스템(http://www.nl.go.kr/kolisnet)에서 이용하실 수 있습니다.